Melissa Foster

Ein Fest für die Liebe

Eine Braden-Kurzgeschichte

Die Autorin

Melissa Foster ist eine preisgekrönte *New-York-Times-* und *USA-Today*-Bestsellerautorin. Ihre Bücher werden vom *USA-Today-Bücherblog*, vom *Hagerstown Magazin*, von *The Patriot* und vielen anderen Printmedien empfohlen. Melissa hat mehrere Wandgemälde für das *Hospital for Sick Children*, eine Kinderklinik in Washington, D. C., gemalt.

Besuchen Sie Melissa auf ihrer Website oder chatten Sie mit ihr in den sozialen Netzwerken. Sie diskutiert gern mit Lesezirkeln und Bücherclubs über ihre Romane und freut sich über Einladungen. Melissas Bücher sind bei den meisten Online-Buchhändlern als Taschenbuch und E-Book erhältlich.

www.MelissaFoster.com

Melissa Foster

Ein Fest für die Liebe

Die Bradens
Eine Kurzgeschichte

LOVE IN BLOOM – HERZEN IM AUFBRUCH

Aus dem Amerikanischen von Rita Kloosterziel

Die Originalausgabe erschien erstmals 2015 unter dem Titel
»Promise My Love – A Braden Novella« bei World Literary Press, MD, USA.

Deutsche Erstveröffentlichung
2018 bei World Literary Press, MD, USA
© 2015 der Originalausgabe: Melissa Foster
© 2018 der deutschsprachigen Ausgabe: Melissa Foster
Lektorat: Judith Zimmer, Hamburg
Umschlaggestaltung: Natasha Brown

ISBN: 978-1948868075

Vorwort

Sie sind reich, sie sind brandheiß und sie würden füreinander durchs Feuer gehen. Das sind die Bradens, die wir kennen und lieben, und Rex Braden ist da keine Ausnahme. Seine Liebe zu Jade Johnson ist grenzenlos, wie Sie in *Ein Fest für die Liebe* feststellen werden. Die Geschichte knüpft an den Roman *Für die Liebe bestimmt* an.

Wenn dies Ihre erste Begegnung mit den Bradens ist, können Sie sich auf eine ganze Reihe von aufregend sinnlichen Helden und selbstbewussten Heldinnen freuen, die mit beiden Beinen im Leben stehen. Die Snow-Schwestern, die Bradens und die Remingtons warten darauf, von Ihnen entdeckt zu werden, und tauchen auch in späteren Büchern immer mal wieder auf. Auf meiner Website finden Sie alles, was Sie über die Reihe *Love in Bloom* wissen möchten: einen Stammbaum, eine Liste der Titel in der Reihenfolge, in der sie erschienen sind, und Ausblicke auf zukünftige Romane (zum Teil nur in englischer Sprache).

melissafoster.com/herzen-im-aufbruch
melissafoster.com/reader-goodies

Danke, dass Sie meine Geschichten lesen!

Melissa Foster

Eins

Jade Johnson gab sich alle Mühe, der Floristin zuzuhören, die bei ihrer Hochzeit für den Blumenschmuck sorgen sollte. Insgeheim bewegte sie jedoch nur ein einziger Gedanke: In drei Tagen würde der gut aussehende Cowboy, der ihr gegenübersaß, ihr Ehemann sein. Noch vor ein paar Jahren hätte sie es nicht für möglich gehalten, dass der Streit zwischen ihren Familien jemals ein Ende finden könnte. Wer hätte gedacht, dass Rex Bradens Liebe für Jade die Mauern zum Einsturz bringen würde, die ihre eigensinnigen Väter um sich aufgebaut hatten? Rex hatte die verfeindeten Männer vor die Wahl gestellt: Entweder sie akzeptierten ihn und Jade als Paar oder sie würden sie beide verlieren. Mit einer derart massiven Drohung hatte Jade nicht gerechnet und die Angst vor der Reaktion ihrer Väter hatte ihr schlaflose Nächte bereitet. Fünfzehn Jahre lang hatte sie Rex aus der Ferne geliebt. Dass sie sich seit vier Jahren aus nächster Nähe lieben durften, war allein der Entschlossenheit zu verdanken, mit der sich Rex ihren Vätern entgegengestellt hatte. Sie konnte es kaum erwarten, sich für den Rest ihres Lebens immer wieder aufs Neue in diesen mutigsten, liebevollsten Mann auf der ganzen Welt zu verlieben.

»Die Rosen, Lilien und Orchideen werden wunderschön

aussehen«, sagte Caitlyn Ray, die Floristin, mit strahlendem Lächeln. »Wir haben alles unter Kontrolle. Ihre Hochzeit wird perfekt.« Auf die meisten Bräute wirkte so viel Zuversicht wahrscheinlich beruhigend, aber die Aussicht, Rex zu heiraten, brachte Jade immer noch derart aus dem Häuschen, dass Caitlyns Worte ihre Wirkung verfehlten.

Rex drückte ihre Hand. »Siehst du, Schatz? Caitlyn hat alles im Griff. Jetzt kannst du dich entspannen.« Seine Hände waren groß und kräftig wie der Rest seines gewaltigen Körpers.

Rex war ein wunderbarer Mann, ein Gentleman vom Scheitel bis zur Sohle. Außerdem war er der verführerischste, geschickteste Liebhaber, den Jade sich vorstellen konnte. Selbst nach vier Jahren loderte die Leidenschaft zwischen ihnen wie am ersten Tag. Der bloße Gedanke an ihr Liebesspiel am Morgen ließ sie erröten. Erst im Schlafzimmer, dann unter der Dusche, und als Jade immer noch nicht genug von ihm hatte, verführte sie ihn, während er versuchte, all seine hinreißenden Muskeln mit Kleidung zu bedecken. Sie würde nie genug von ihm bekommen. Sie lebten seit vier Jahren zusammen, in ein paar Tagen würden sie heiraten und hoffentlich bald eine Familie gründen. In letzter Zeit hatte sie sich Sorgen gemacht, sie könnte Schwierigkeiten haben, schwanger zu werden. Es gab keinen Grund zur Besorgnis. Das hatte der Arzt ihr versichert, als sie die Pille abgesetzt hatte. Trotzdem machte sie sich Sorgen. Ihre Mutter hatte sich eine große Familie gewünscht, am liebsten hätte sie sechs Kinder gehabt, wie ihre beste Freundin Adriana Braden, die Mutter von Rex. Sie hatte jedoch nur eine Tochter und einen Sohn bekommen: Jade und ihren Bruder Steven. Ansonsten war ihre Mutter gesund, während Adriana an Krebs gestorben war, als Rex noch klein war. Sein Vater Hal hatte ihn und seine fünf Geschwister großgezogen.

Jade schob die Sorgen beiseite und ermahnte sich, positiv zu denken. Rex und sie träumten von einer großen Kinderschar. In puncto Familie war Rex allerdings altmodisch. Er hatte darauf bestanden, erst zu heiraten und dann Kinder in die Welt zu setzen. Die Hochzeit würden sie in drei Tagen erledigt haben. Dann würde sich zeigen, wie es mit dem Kindersegen stand.

»… also, ich glaube sicher, dass es kein Problem ist.«

Caitlyns Stimme riss Jade aus ihren Gedanken. »Großartig. Vielen Dank.«

Caitlyn beugte sich näher zu Rex und deutete auf seine Halskette. »Das ist ein ungewöhnlicher Anhänger.«

Rex schob den Stetson auf seinem dichten schwarzen Haar ein Stück weiter nach hinten und seine Lippen verzogen sich zu einem stolzen Lächeln, als er den Anhänger berührte.

»Diese Halskette hat eine ganz besondere Bedeutung für uns. Es ist der ›Tanz der Liebenden‹.« Er legte Jade den Arm um die Schulter und küsste sie auf die Schläfe.

»Der Legende nach fanden sie trotz aller Widrigkeiten zueinander. Genau wie Jade und ich. Als die beiden Liebenden miteinander tanzten, wurden ihre Seelen eins, und von diesem Moment an lebten sie ineinander, egal ob sie zusammen oder getrennt waren.«

Er blickte in Jades Augen und die Sorgen, die sie bewegten, schmolzen dahin. Seine Liebe war wie ein Elixier, ein Heilmittel für alles, was der Heilung bedurfte.

»Wenn man die Anhänger zusammenfügt, stellen sie zwei ineinander verschlungene Körper dar«, erklärte Rex. »Jade trägt die andere Hälfte und wir nehmen sie nie ab. Sie gehörten früher meiner Mutter.« Der Mythos passte perfekt zu ihnen. Als Rex und Jade endlich zusammenkamen, mussten sie ihre Beziehung geheimhalten, um ihre Eltern nicht zu verärgern. Bis zu dem Tag, als Rex die Heimlichtuerei nicht mehr ertragen konnte – und zu Jades Überraschung führte die schmerzhafte Konfrontation zwischen Rex und ihren Vätern endlich dazu, dass der Riss gekittet wurde, der nie hätte entstehen dürfen.

»Darf ich Ihren Anhänger mal sehen?«, fragte Caitlyn.

Jade fasste ihr langes Haar hinten zusammen und öffnete den Kragen ihrer Bluse.

»Ja, aber …« Caitlyns Blick ging verdutzt zwischen Rex und Jade hin und her.

Rex runzelte die Stirn. Jades Hand fuhr zu ihrem Hals.

»Oh Gott.« Verzweifelt tastete sie nach der Halskette. »Rex? Wo ist sie?« Sie knöpfte ihre Bluse ein Stück weiter auf und spähte in ihren BH, dann stand sie auf und suchte den Boden ab. Sie konnte die Kette unmöglich verloren haben. Nicht jetzt, drei Tage vor ihrer Hochzeit. Diese Halskette war ein Bindeglied zu Rex' verstorbener Mutter. Sein Vater hatte sie ihr geschenkt und sie hatte sie noch vor ihrer Hochzeit einer Freundin von der Highschool gegeben, mit einer Botschaft, sodass sie wusste, für wen sie bestimmt war. Mehr als fünfundzwanzig Jahre später hatten Jade und Rex ein Geschäft im Village in der benachbarten Kleinstadt Allure betreten und die Besitzerin hatte instinktiv gewusst, dass die Halskette für sie bestimmt war. Jade würde nie vergessen, wie Rex beim Anblick der Kette der Atem gestockt hatte. In diesem Moment hatte er gestanden, dass er sich in Jade verliebt hatte, und seitdem war ihre Liebe immer tiefer geworden. Die Halskette symbolisierte die Stärke ihrer Liebe, und jetzt war sie weg.

In Jades Brust zog sich alles zusammen.

Rex war aufgesprungen und suchte den Boden unter dem Tisch ab, an dem sie gesessen hatten, und dann den ganzen

Weg zur Tür. »Wir finden sie, Babe.«

»Ob Sie sie beim Duschen verloren haben? Mir passiert das schon mal und ich merke es immer erst, wenn sie schon im Ausguss verschw…« Caitlyn biss sich Lippe. »Oh je. Das wollen Sie jetzt gar nicht hören. Bestimmt ist sie irgendwo.«

Jade stiegen die Tränen in die Augen. »Rex?«

Er schloss sie in die Arme. »Alles wird gut, Babe. Wir werden sie finden. Wir fahren nach Hause und werden jeden deiner Schritte zurückverfolgen.« Mit seinen eins neunzig überragte Rex sie und Jade hatte sich in seinen Armen immer sicher gefühlt. Sein Herz pochte kräftig und ruhig an ihrer Wange, doch sie fragte sich, wie er ihr jemals wieder vertrauen sollte, wenn sie ausgerechnet diese Halskette verloren hatte.

Ihr Handy klingelte und sie kramte es aus ihrer Handtasche. »Meine Mutter. Vielleicht habe ich die Kette gestern Abend beim Abendessen verloren und sie hat sie gefunden.« Voller Hoffnung nahm sie den Anruf entgegen.

»Hi, Mom.«

»Liebes …« Die Stimme ihrer Mutter klang schwach und gepresst.

»Mom? Was ist los?« Jade spürte Rex' Hand auf ihrer Schulter.

»Es ist … dein Vater.«

Ihre Mutter hielt inne und Jade hörte sie schluchzen. Ihre Augen füllten sich mit Tränen. Sie befürchtete das Schlimmste. Ihr Vater wog fast hundertfünfzig Kilo und sie sorgte sich schon lange um seine Gesundheit.

»Mom? Was ist passiert?« Sie blickte zu Rex auf und er schloss sie in die Arme. Ihr Vater sei im Krankenhaus, sagte ihre Mutter. Er hatte einen Herzinfarkt gehabt. Bis jetzt war nicht klar, wie es um ihn stand. Jades Beine gaben unter ihr nach und ihr Herz zersprang in tausend Stücke, als ihre Welt in sich zusammenfiel.

Zwei

Einige Stunden nach ihrer Ankunft in der Klinik stand Rex an Earl Johnsons Krankenbett. Einen Arm hatte er um Jade gelegt, den anderen um Jane Johnson, Jades Mutter. Es hatte eine Zeit gegeben, da hatte Earl Rex verachtet, nur weil er Hal Bradens Sohn war. Hal war ein angesehener Pferdezüchter in Weston, Colorado, und einer der reichsten Männer in der Gegend. Earl und Hal waren von Kindesbeinen an befreundet gewesen, doch als Earl in finanzielle Schwierigkeiten geriet, war er zu stolz, um Hal um Hilfe zu bitten. Stattdessen hatte er sich hinter dem Rücken seines Freundes mit einem der hinterhältigsten Pferdehändler der ganzen Branche eingelassen, der nicht nur schmutzige Geschäfte machte, sondern auch alles daransetzte, Hal und Adriana auseinanderzubringen. Dass er Pferde von diesem Mann kaufte, war der Auslöser für die vierzig Jahre während Fehde zwischen den Bradens und den Johnsons. Rex erinnerte sich an den Abend, als er sich, unterstützt durch seine Brüder, gegen die beiden Männer aufgelehnt hatte.

Bis zur Versöhnung war es ein langer, steiniger Weg gewesen, aber die Anstrengung hatte sich gelohnt. Nun stand Rex zwischen Jade, der Frau, die er am meisten liebte, und Jane, der Frau, die die beste Freundin seiner Mutter gewesen war, und konnte sich ein Leben ohne beide nicht vorstellen. Jane und Adriana hatten ihre Freundschaft vor ihren zerstrittenen Ehemännern geheimgehalten. Earl war ein Dickschädel, doch die Liebe zu seiner Familie kannte keine Grenzen. Er hatte Jade und ihren Bruder zu aufrichtigen und zielstrebigen Menschen erzogen, und Rex profitierte davon. Jade war die liebevollste Frau, der er jemals begegnet war. Sie war schlau und gleichzeitig störrisch wie ein Maultier – zum Glück, denn Rex neigte zu Grübeleien und Jade schaffte es immer wieder, ihn auf die richtige Spur zu setzen. Wie oft hatte ihr Lächeln seine Entschlossenheit zum Schmelzen gebracht. Und ihre Berührungen … Heiliger Strohsack, er war Wachs in ihren Händen, sobald sie ihn berührte.

Jade hielt die Hand ihres Vaters in ihren beiden Händen. Vor ein paar Stunden war er aus dem Operationssaal gekommen, nachdem man ihm einen Stent gesetzt hatte. Durch den Eingriff war sein Herzschlag durcheinandergeraten, sodass er zusätzlich einen externen Herzschrittmacher brauchte. Von dem Gerät, das am Oberschenkel befestigt war, führte ein Schlauch in seine Leiste. Es war seltsam, wie klein und verletzlich der sonst so wuchtige Mann in seinem Krankenbett plötzlich wirkte.

»Daddy, wie fühlst du dich? Hast du Schmerzen?«

»Mir geht es gut, Schatz. Bin bloß müde. Mach dir keine Sorgen um mich, wird schon werden. Bereitet ihr nur eure Hochzeit weiter vor.«

»Earl, wir verschieben die Hochzeit«, sagte Rex.

Earl sah Rex mit seinen blaugrauen Augen durchdringend an. Sein Hals verschwand fast unter seinen fleischigen Wangen. »Das kommt überhaupt nicht infrage. Meine Kleine heiratet am Sonntag, verstanden?«

»Aber, Dad, ich möchte, dass du mich zum Altar führst.« Jade warf Rex einen besorgten Blick zu.

Er hatte vier lange Jahre darauf gewartet, dass Jade seine Frau würde. Sie sollte ein wunderbares Leben haben, das war sein sehnlichster Wunsch. Jade machte ihn zu einem ganz anderen Menschen. Sie hatte seine Ecken und Kanten geglättet und eine romantische Seite an ihm zum Vorschein gebracht, die er nie bei sich vermutet hätte. Für sie wünschte er sich die perfekte Hochzeit und hatte sogar versucht, sich an den Planungen zu beteiligen, doch Jade hatte darauf bestanden, alles selbst zu organisieren. Zum Glück waren sie sich in einem Punkt einig: Die Zeremonie sollte auf der Ranch seines Vaters stattfinden, die Rex seit fast zwanzig Jahren leitete. Er stellte sich vor, wie Jade auf ihrem Hengst Flame angeritten kam, während Hope, das alte Pferd seiner Mutter, ruhig dabeistand. Ihre Familien würden bei ihnen sein, auf dem Grund und Boden, auf dem er aufgewachsen war.

Familie kennt keine Grenzen. Das war das Motto der Familie Braden und Rex hatte sich zeit seines Lebens daran gehalten. Er wusste, wie wichtig es Jade war, dass ihr Vater sie zum Altar führte, doch offenbar machte sich Earl Sorgen, dass es ihn möglicherweise doch schlimmer erwischt hatte, als er zugeben wollte.

»Sieht so aus, als hätte die Party schon ohne mich angefangen.« Jades Bruder betrat mit ernstem Blick den Raum.

Jade sprang auf und warf sich in seine Arme. »Du bist hier.«

»Du wusstest doch, dass ich komme.« Steve war groß und breitschultrig, mit struppigem dunklem Haar, das einen seltsamen Kontrast zu seiner Uniform bildete. Er arbeitete als Wildhüter in den Bergen von Preston in Colorado.

Steve umarmte seine Mutter. »Alles in Ordnung, Mom?«

Jane wirkte unendlich zerbrechlich. Sie ließ die Schultern hängen, als hätte sie alle Kraft verloren. Selbst ihr braunes Haar hing schlaff herunter. Sie legte ihrem Mann eine Hand auf den Arm. »Könnte schlimmer sein.«

»Er ist zäh, Mom. Er kommt schon wieder auf die Beine.« Steve umarmte Rex. »Rex, immer noch so bärenstark wie eh und je.«

Rex lachte. »Musst du gerade sagen. Du siehst fit aus ... für einen Waldschrat.«

Mit seinen eins neunundachtzig und hundertdreizehn Kilo hatte Rex seinem zukünftigen Schwager gute zwanzig Kilo an fester Muskelmasse voraus.

»Ich habe gehört, dass ich mit deiner Cousine Shannon an einem Umweltprojekt arbeiten werde«, sagte Steve.

»Sie ist eine Cousine zweiten Grades und ich werde dich im Auge behalten, also nicht über die Stränge schlagen«, warnte Rex. Shannon war Anfang zwanzig und hübsch wie ein Engel. Sie lebte in Peaceful Harbor in Maryland, für den Sommer hatte sie sich jedoch bei Hal einquartiert, weil sie an einem Forschungsauftrag arbeitete.

»Oh Mist«, stöhnte Steve mit gespielter Verzweiflung. »Ich bin ihr noch nicht einmal begegnet. Kannst dich also wieder abregen.« Er beugte sich über seinen Vater und gab ihm einen Kuss auf den kahlen Schädel. »Wie fühlst du dich, Pop?«

»War schon mal besser.« Earl tätschelte seinem Sohn die Hand. »Aha, da ist dieser junge Hüpfer von einem Arzt. Irgendwelche Neuigkeiten, Benji?«

Dr. Ben Carpenter schüttelte den Kopf, als er an Earls Bett trat. Ben hatte die Praxis seines Vaters übernommen, als dieser in Rente ging. Mason Carpenter war schon der ortsansässige Kardiologe gewesen, bevor Rex geboren wurde. Egal wie erfolgreich oder wie alt Ben war: Für die älteren Leute war er immer noch der kleine Ben oder Benji, wie Earl ihn nannte.

»Wie wär's mit Ben oder Dr. Carpenter?«, schlug der Arzt mit einem leisen Lächeln vor.

»Dr. Carpenter war dein Vater, aber ich schätze, an Ben könnte ich mich gewöhnen«, sagte Earl.

Rex streckte Ben die Hand entgegen. »Schön, dich zu sehen, Ben.«

»Hallo, Rex. Wie geht es Hal?«

»Großartig, danke. Wenn ihr lieber allein reden wollt, warte ich draußen auf dem Flur«, sagte Rex und wandte sich zur Tür.

Jade hielt ihn zurück. »Nein. Bitte bleib.«

»Earl?«, fragte Rex aus Respekt vor seinem zukünftigen Schwiegervater.

Earl nickte zustimmend. »Mein Mädchen will dich hier haben. Ich denke, da hast du deine Antwort.«

»Okay. Also, Earl, ich hoffe, dieser Stent löst dein Problem«, sagte Ben. »Eine deiner Arterien war zu neunzig Prozent verstopft. Du hast Glück gehabt, es hätte schlimmer sein können. Der Stent sollte sie nun offen halten. Aber wie ich deiner Frau schon erklärt habe, war dein Herzschlag ein wenig unregelmäßig, daher haben wir dir einen externen Herzschrittmacher gelegt. Ich hoffe, dass wir ihn morgen wieder entfernen können. Dann darfst du anfangen, aufzustehen und ein bisschen herumzulaufen.« Ben verschränkte die Arme und sah Earl ernst an. »Wir werden dich ein paar Tage lang hierbehalten, um sicherzugehen, dass keine weiteren Probleme auftreten, aber wenn alles gut geht, kannst du am Samstagnachmittag nach Hause. Und bis dahin werde ich dir bei jeder sich bietenden Gelegenheit einen Vortrag über Ernährung und Bewegung halten, bis du mir endlich zuhörst.«

Earl murmelte etwas Unverständliches. »Samstag? Hast du das gehört, Kleines? Ich kann dich also doch zum Altar führen.«

»Entschuldige, Earl«, sagte Rex. »Was ist, wenn es Komplikationen gibt und du doch nicht rechtzeitig aus dem Krankenhaus entlassen wirst? Ich denke immer noch, dass wir die Hochzeit verschieben sollten, nur um auf der sicheren Seite zu sein.« Die Vorstellung, dass etwas Unvorhergesehenes passierte und Jade am Sonntag enttäuscht sein würde, war niederschmetternd.

Earl deutete mit einem dicken Finger auf ihn. »Rex, du wirst diese Hochzeit nicht verschieben.« Er richtete den Blick auf Jade. »Liebes, wenn du deine Hochzeit verschiebst, werde ich diesen Mann einen Kopf kürzer machen, sobald ich wieder bei Kräften bin. Und eines Tages bin ich wieder bei Kräften, das kannst du mir glauben.«

Ben legte Earl die Hand auf die Schulter. »Reg dich ab, Earl. Du sollst gesund werden, nicht deine Tochter und Rex herumkommandieren. Ich bin mir sicher, dass sie die richtige Entscheidung treffen werden.«

»Da gibt es nichts zu entscheiden«, murrte Earl und warf Rex einen finsteren Blick zu.

»Nun, die Hochzeit ist fertig geplant«, sagte Jade. »Wenn Ben meint, dass Dad rechtzeitig wieder auf den Beinen ist, sehe ich keinen Grund, sie zu verschieben.«

Normalerweise war es nicht Rex' Art, einem Mann zu widersprechen, der ihm einige Jahrzehnte voraus hatte, aber ihm war nicht wohl bei der ganzen Sache. Wenn sein Vater im Krankenhaus läge, würde er das Risiko nicht eingehen. Allerdings war Jade seit Monaten mit den Hochzeitsvor-bereitungen beschäftigt und ihre Wünsche hatten Vorrang. So war es schon seit ihrem ersten Kuss.

»Mir gefällt das nicht, Jade«, sagte Rex. »Die Familie kommt an erster Stelle und du hast schon genug Stress. Aber wenn du unbedingt willst …«

»Danke.« Jade stand auf und gab ihm einen Kuss auf die Wange. »Ich vertraue Bens Urteilsvermögen.« Dann flüsterte sie Rex ins Ohr: »Ich möchte noch herausfinden, wie seine Ernährung künftig aussehen soll.«

»Ben, kann ich kurz mit dir reden?« Jade packte den Arzt am Arm und zog ihn in den Flur hinaus.

»Earl, ich bin derselben Meinung wie Rex«, sagte Jane. »Jade wird am Boden zerstört sein, wenn du sie nicht zum Altar führen kannst. Und wer weiß, was bis dahin passiert.«

»Nun, Schätzchen, wir beide wissen, dass es auf dieser Welt keine Garantien gibt.« Earl griff nach der Hand seiner Frau. »Aber unsere Tochter sollte meinetwegen nicht ihr Leben auf Eis legen. Wenn ich kann, werde ich bei dieser Hochzeit dabei sein.« Er warf Rex einen durchdringenden Blick zu, der keinen Zweifel zuließ.

Rex wusste, dass es aussichtslos war, mit Earl zu streiten. Wenn er darauf beharrte, die Hochzeit zu verschieben, wäre das sicherlich der Beginn einer neuen Familienfehde.

Drei

Es war schon dunkel, als Rex auf der Ranch seines Vaters ankam, um nach den Tieren zu sehen. Er ging in den Stall und sog den vertrauten Duft von Leder und Heu ein, der ihn sein ganzes Leben lang begleitet hatte und ihn immer wieder zur Ruhe kommen ließ. Sein ältester Bruder Treat stand bei Hope in der Box. Rex hatte ihn angerufen und ihn gebeten, die Abendarbeit auf der Ranch zu übernehmen, falls er nicht rechtzeitig zurückkehrte. Treat und Rex besaßen jeweils ein Grundstück, das an den Besitz ihres Vaters angrenzte. Während Rex ausschließlich auf der Ranch arbeitete, half Treat aus, wenn Not am Mann war, und leitete ansonsten seine Geschäfte von dem Büro aus, das er sich in seinem Haus eingerichtet hatte.

»Wie geht es Earl?«, fragte Treat besorgt. Er war fast zwei Meter groß, wie ihr Vater, und hatte dichtes schwarzes Haar. Treat gehörten Hotelanlagen auf der ganzen Welt, und bevor er seine Frau Max kennenlernte, war er die meiste Zeit unterwegs gewesen. Als er sich in Max verliebte, hatte er sich in Weston niedergelassen, sodass sie weiterhin für das alljährlich hier abgehaltene Indie-Filmfestival arbeiten konnte, eine Arbeit, die sie liebte. Seit die Kinder Adriana und Dylan da waren, arbeitete Max von zu Hause aus, und Treat unternahm nur noch sechs bis acht Reisen im Jahr.

»So störrisch wie eh und je. Sie haben ihm einen Stent eingesetzt, außerdem mussten sie einen externen Herzschrittmacher legen und werden ihn ein paar Tage dabehalten, um seinen Zustand zu überwachen. Wir können nur abwarten.« Rex rückte seinen Stetson zurecht und trat näher zu Hope. Die Fuchsstute kam allmählich in die Jahre. Die weißen Flecken in ihrem Fell wurden immer mehr. In letzter Zeit war sie in ihren Bewegungen langsamer geworden und vor zwei Wochen hatte Rex die schmerzliche Entscheidung getroffen, sie nicht mehr zu reiten. Es war der erste Schritt des Loslassens. Leicht war es ihm nicht gefallen.

Hope drückte Rex die Nase auf die Brust und er pflanzte einen Kuss auf ihre breite Stirn. Sie war das erste Pferd, das er jeden Morgen vor Tagesanbruch begrüßte, und das letzte, dem er am Ende eines jeden Tages Gute Nacht sagte. Hope war für sie alle etwas Besonderes. Sie war ein Geschenk von Hal an ihre Mutter gewesen, als sie krank wurde. Hope war immer noch kräftig und beweglich, lange nachdem der Krebs ihre Mutter besiegt hatte.

Rex streichelte Hopes Hals. Er hätte schwören können, dass der Blick aus ihren schwarzen Augen traurig war. »Jade weigert sich, die Hochzeit zu verschieben.«

»Und was hältst du davon?«, fragte Treat.

Rex zuckte mit den Schultern. »Ich habe vier Jahre darauf gewartet, Jade zu heiraten.« Er lehnte sich gegen die Trennwand. »Vier Jahre, Treat. In diesen vier Jahren habt ihr zwei wundervolle Kinder bekommen. Hugh hat Layla adoptiert und Christian wurde geboren. Jetzt ist Savannah schwanger und ich warte immer noch darauf, mit Jade eine Familie zu gründen.« Rex gönnte seinen Geschwistern ihr Familienglück von ganzem Herzen, aber er war auch ein bisschen eifersüchtig. »Ich will das, Treat. Ich will Kinder. Ich will Jade als meine Frau, nicht nur meine Verlobte.«

»Ja, ich weiß, was du meinst.«

»Aber jetzt … Es ist einfach nicht richtig. Earl gehört zur Familie und Jades sehnlichster Wunsch ist es, dass ihr Vater sie zum Altar führt. Wer weiß, was da alles schiefgehen kann. Dass ich so lange warten musste, um sie zu heiraten, finde ich schlimm genug. Aber Jade wollte die Hochzeit planen und dann hatte sie mit ihrer Tierarztpraxis so viel um die Ohren und jetzt …« Er nahm den Hut ab und fuhr sich mit der Hand durch das lange schwarze Haar.

»Ist es blöd von mir, dass ich die Hochzeit verschieben möchte? Ich komme mir jedenfalls ganz schön blöd vor. Ich habe das Gefühl, dass Earl nicht länger warten will, als würde er sich Sorgen machen, dass er es vielleicht nicht schafft – obwohl Ben meint, dass er am Samstag aus dem Krankenhaus entlassen wird. Es sind nur noch drei Tage bis zu unserer Hochzeit, und sowohl Jade als auch Earl wollen, dass sie wie geplant stattfindet, aber wenn ich mir Earl ansehe mit seinem Herzschrittmacher und all diesen Monitoren und Maschinen …«

»Sprich mit Jade. Vielleicht versteht sie, warum du so denkst.« Treat streichelte Hope.

Rex hob eine Augenbraue. »Du erinnerst dich an meine Verlobte, oder? Dieser heiße kleine Feger mit dem großen Herzen und dem noch größeren Dickschädel?«

»Ich möchte nicht mit dir tauschen. Ich würde es nicht mit Earl aufnehmen wollen, geschweige denn mit Jade. Aber denk daran, dass sie ebenfalls seit vier Jahren darauf wartet, dich zu heiraten. Wahrscheinlich ist sie ziemlich durcheinander und klammert sich an Bens Prognose, um nicht vollends verrückt zu werden. Schlaf eine Nacht drüber. Vielleicht sieht es morgen schon ganz anders aus.«

»Durcheinander ist sie ganz bestimmt. Das ist ein weiterer Grund, warum wir die Hochzeit verschieben sollten. Was würdest du an meiner Stelle tun?«

»Das kommt darauf an, welches das kleinere von zwei Übeln ist: dass Jade und ihr Vater stinksauer sind oder dass der Traum deiner Verlobten platzt, sich von ihrem Vater zum Altar führen zu lassen.« Treat schwieg und betrachtete Hope aufmerksam. »Meinst du, dass mit Hope alles in Ordnung ist?«

»Mir scheint sie ein bisschen angegriffen, aber vielleicht sehe ich im Moment einfach alles schwarz. Wo ist Dad?« Ihr Vater schwor Stein und Bein, dass ihre Mutter von jenseits des Grabes auf Hope aufpasste. Wenn jemand sagen konnte, ob Hope okay war oder nicht, dann war es Hal.

»Er ist früh ins Bett gegangen, nachdem er Earl im Krankenhaus besucht hat.« Treat lächelte. »Wenn mir vor ein paar Jahren jemand gesagt hätte, dass Dad ihn besucht, hätte ich ihn für verrückt erklärt.«

Als sie den Hügel zu Rex' Truck hinaufstiegen, fiel Rex Jades Kette ein. An den meisten Tagen frühstückten sie mit Treats Familie und Hal in dessen Haus. Vielleicht hatte Jade sie dort verloren.

»Du hast Jades Halskette nicht zufällig irgendwo gesehen, oder?« Alle in der Familie wussten von der besonderen Bedeutung, die die Kette für Rex und Jade hatte.

Treat verlangsamte seinen Schritt. »Nein, aber ich werde die Augen offenhalten. Hat sie sie verloren?«

»Offenbar.« Rex durchzuckte ein schmerzhafter Stich bei dem Gedanken, dass die Kette möglicherweise für immer verloren war.

»Das tut mir leid, Rex. Ich werde auch Max bitten, sich danach umzusehen.«

»Danke. Ich werde bei uns alles absuchen und dann ihre Schritte zurückverfolgen, seit sie sich das letzte Mal daran erinnert hat.« Rex ging zu seinem Truck und drehte sich noch einmal um, bevor er einstieg. »Hey, Treat, du weißt, dass ich mich für dich und Max und Hugh und Bree und Savannah und Jack freue, oder? Ich habe eben nur meinen Frust abgelassen, aber ...«

»Rex, ich verstehe das. Und mach dir keine Sorgen. Ihr werdet die richtige Entscheidung treffen.«

Er war sich sicher, dass sie richtig entscheiden würden, aber die Aussicht, gegen Jade und Earl angehen zu müssen, war nicht gerade erhebend.

Jade telefonierte mit Riley Banks, ihrer besten Freundin und der Verlobten von Rex' Bruder Josh, während sie das Haus nach ihrer Halskette durchsuchte. Es war schon nach elf, Rex war noch auf der Ranch seines Vaters, um nach den Tieren zu sehen. Sie wusste, dass sie Riley auch um drei Uhr nachts anrufen konnte, und erst recht um ein Uhr morgens. So spät war es jetzt in New York. Als Jades Trauzeugin war sie auf Panikanrufe zu jeder Tages- und Nachtzeit gefasst.

»Hey, Jade. Bist du schrecklich nervös wegen Sonntag?« Riley und Josh waren weltberühmte Modedesigner und lebten in New York City. Sie hatten am Wochenende eine Moden-schau, aber am späten Samstagnachmittag wollten sie nach Colorado fliegen, um rechtzeitig zur Hochzeit da zu sein.

»Ri, ich bin mir nicht sicher, ob es überhaupt eine Hochzeit geben wird.«

»Was? Jade, was ist los? Willst du, dass ich sofort nach Hause komme? Ich kann die Show abblasen, wenn du jemanden brauchst, der dir den Kopf wäscht.«

Sie hörte das Lächeln in Rileys Stimme. »Dad ist im Krankenhaus. Er hatte einen Herzinfarkt.«

»O nein. Das tut mir so leid.« Es war, als würde ihre Freundin sie durch das Telefon hindurch umarmen. »Ich komme auf der Stelle nach Hause.«

»Nein. Bleib in New York und kümmere dich um deine Show. Es ist soweit alles in Ordnung. Er soll am Samstag aus dem Krankenhaus kommen. Er will nicht, dass wir die Hochzeit verschieben, aber Rex ist natürlich nicht einverstanden, dass wir alles wie geplant durchziehen. Er kann sich eine Hochzeit mit Dad im Krankenhaus nicht vorstellen. Ich weiß einfach nicht, was ich tun soll.« Tränen stiegen ihr in die Augen. Es kam ihr vor, als hätte sie in letzter Zeit nur noch geweint.

»Wie schlimm steht es um ihn? Was hat Ben gesagt?« Das Beste – und das Schlimmste – am Leben in einer kleinen Stadt wie Weston war, dass jeder jeden kannte. Riley kannte und vertraute Ben. Er war in der Schule ein paar Klassen über ihnen gewesen.

»Dad hat einen Stent bekommen und einen externen Herzschrittmacher, der seinen Herzschlag regulieren soll. Ben meint, dass er am Samstag entlassen wird, und er soll auch wieder ganz gesund werden. Es war nur eine Arterie verstopft, was angesichts seiner Ernährungsweise erstaunlich ist. Er muss dringend seinen Lebensstil ändern. Das hätte er längst tun sollen.« Jade seufzte. »Du kennst Dad. Er wird nie aufhören, Moms Maisbrot mit viel zu viel Butter, Rippchen oder Kuchen zu essen …«

»Nun, ich bin froh, dass er wieder auf die Beine kommt. Deiner Mom muss schrecklich zumute sein. Bist du sicher, dass ich nicht nach Hause kommen und dir helfen soll? Die Show bedeutet mir nichts im Vergleich zu deiner Familie.«

»Nein. Uns geht es gut. Mama war anfangs wie betäubt, aber du kennst sie. Sie wird sich fangen, sobald der erste Schock vorbei ist. Ich frage mich, wie wir Dad davon überzeugen können, gesünder zu essen und Sport zu treiben.«

»Vielleicht ist es an der Zeit, dass deine Mutter ihre Kochgewohnheiten ändert, ohne ihm etwas davon zu sagen. Sprich doch mal mit Max, vielleicht kann sie ihr paar Tipps geben. Sie kennt sich doch mit solchen Sachen bestens aus. Als wir zu Weihnachten in Weston waren, hat sie mir erzählt, wie sie die Ernährung von Hal umgestellt hat, weil Treat sich Sorgen wegen seines Herzens macht.«

»Dieser Mann ist stark wie ein Ochse.« Jade nahm sich vor, Max morgen zu fragen.

»Ja, aber er ist fast siebzig, und Ben hat Treat erklärt, dass große und schwere Männer eher Probleme bekommen, wenn sie älter werden. Jade, ich kann gerne nach Hause kommen. Ich will nicht, dass du das alleine durchstehen musst.«

»Mach dir keine Sorgen, es geht mir ganz gut. Rexy steht mir bei hier, und selbst wenn es ihm nicht passt, wenn die Hochzeit wie geplant stattfindet, ist er doch mein Fels in der Brandung.« Die Halskette fiel ihr ein und wieder füllten sich ihre Augen mit Tränen.

»Ri?«

»Ja?«

»Da ist noch etwas.« Jade knabberte an ihrer Unterlippe.

»Außer dem Herzinfarkt deines Vaters?«

Jade hörte, wie Riley den Hörer mit der Hand bedeckte und sagte: »Josh, ich muss morgen vielleicht nach Hause fahren.«

»Auf keinen Fall. Du darfst deine Show nicht verpassen«, sagte Jade. Riley und Josh hatten sich seit Monaten auf die Modenschau vorbereitet.

»Das entscheide ich. Was gibt es sonst noch?«

»Die Halskette seiner Mutter.« Sie brachte es nicht fertig, es auszusprechen.

»Oh Gott, Jade. Was ist damit?«

»Ich habe sie verloren«, flüsterte sie.

»Nein. Auf keinen Fall. Hast du überall gesucht?«

»Ja.« Sie sah sich in dem unordentlichen Schlafzimmer um. Sie hatte jede Schublade aufgerissen, den ganzen Schrank durchwühlt und das Badezimmer auf den Kopf gestellt. »Du solltest unser Schlafzimmer sehen. Es sieht aus wie nach einem Erdbeben. Ich habe das Haus von oben bis unten durchsucht.«

»Okay. Ich bin sicher, dass wir sie finden. Wenn sie bis zu meiner Ankunft nicht wieder aufgetaucht ist, helfe ich dir. Und jetzt atme einfach mal tief durch.« Riley schwieg und Jade stellte sich vor, wie sie mit zusammengezogenen Augenbrauen den Blick durch den Raum schweifen ließ, als könnte sie die Kette aus der Ferne heraufbeschwören. »Hast du in deinem Auto nachgesehen? Im Stall? Bei Hal auf der Ranch? In den Ställen deiner Kunden?«

»Noch nicht, aber das mache ich morgen. Heute ging alles drunter und drüber, nachdem Dad im Krankenhaus gelandet ist.« Jade hörte, wie die Tür ging und Rex' schwere Schritte auf dem Holzboden widerhallten. Sofort wurde ihr leichter ums Herz. »Rexy ist zurück. Ich melde mich morgen wieder.«

»Bist du sicher, dass ich nicht nach Hause kommen soll?«

Rex' breite Schultern füllten den Türrahmen, während sein

Blick über das Durcheinander im Schlafzimmer schweifte. Der rechte Mundwinkel verzog sich zu einem sexy Lächeln, bei dem Jade immer noch weiche Knie bekam. Er strahlte eine derartige Männlichkeit aus, wie nur Rex Braden sie an den Tag legte, da war sie sich sicher.

Seine Augen verengten sich, als er das Telefon in ihrer Hand sah. »Ri?«, flüsterte Rex.

Jade nickte. »Ri, ich habe …« Ihr Mund wurde trocken, als er sich das Hemd über den Kopf zog und die muskulösen Wölbungen an Bauch und Brust zum Vorschein kamen. »Ri?« Ihr Körper kribbelte vor Erwartung, als sie ihm zusah, wie er die Stiefel auszog und den Gürtel löste.

»Oh mein Gott, er zieht sich aus, oder?« Riley lachte. »Unsere Braden-Jungs wissen, was wir Frauen uns wünschen. Ruf mich an, wenn du mich brauchst, und grüß deine Eltern von mir.« Riley beendete den Anruf und Jade legte das Telefon auf den Nachttisch.

Rex schälte sich aus seiner Jeans und bewegte sich wie ein Panther auf Beutezug über die Matratze. Seine kräftigen Muskeln betonten seine Stärke. Seine Augen kochten vor Leidenschaft und raubten ihr den letzten vernünftigen Gedanken. Langsam schob er sich auf sie. Seine harte Länge drängte gegen ihre Mitte, als er seine Hände mit ihren verschränkte.

»Ich habe dich vermisst, Babe«, sagte er mit rauer Stimme an ihrem Hals und schickte einen warmen Schauer durch den Körper.

»Ich konnte die Halskette nicht finden.« Sie wusste nicht, warum ihr dieses Geständnis gerade jetzt so wichtig war, während sie doch eigentlich nichts weiter wollte, als in ihn einzutauchen.

Er legte seine Stirn an ihre und lächelte sie an. »Wir werden sie finden.« Er küsste sie zärtlich. »Tut mir leid, das mit deinem Vater, Babe. Ist bei dir alles okay?«

»Jetzt schon.«

»Ich sorge dafür, dass es dir noch besser geht«, flüsterte er und küsste sie sanft zwischen ihre Brüste. Dann streifte er ihr nach und nach ihre Kleider ab, bis sie nackt und keuchend vor Begierde dalag. Er hielt sein Versprechen und liebte sie mit dem Mund, den Händen und jedem Zentimeter seines herrlichen Körpers, bis sie nichts mehr fühlte außer reiner, unverfälschter Glückseligkeit.

Vier

Früh am nächsten Morgen riss sie das schrille Läuten eines Handys aus dem Schlaf.

»Oh Gott. Dad«, sagte Jade, während sie über Rex hinwegkletterte und auf dem Nachttisch hektisch nach ihrem Handy tastete.

»Es ist meins, Babe.« Rex legte den Arm um sie und griff nach seinem Handy. »Es ist Dane. Komm her.« Er lehnte sich in die Kissen zurück, zog Jade mit sich und hielt sie fest. Dann nahm er den Anruf entgegen.

»Dane? Stimmt etwas nicht?« Rex' älterer Bruder Dane war ein Experte für Haie. Als Gründer der *Brave Foundation*, die sich den Schutz von Haien auf die Fahnen geschrieben hatte, reisten er und seine Verlobte Lacy durch die ganze Welt.

»Lacy geht es schon den ganzen Abend nicht gut. Ich wollte dich nur auf dem Laufenden halten. Wahrscheinlich hat sie die Grippe. Mal sehen, wie sie sich morgen fühlt. Dann entscheiden wir, ob wir fliegen, aber möglicherweise können wir nicht zur Hochzeit kommen.«

»Dane, hier ist es halb fünf. Wo seid ihr? Ist mit Lacy alles okay?«

»In Australien. Wir müssen Haie mit Satellitensendern

24

versehen. Ich denke, Lacy ist bald wieder auf den Beinen. Ist wahrscheinlich nur eine Grippe oder so. Tut mir leid, die Zeitverschiebung hatte ich total vergessen.«

»Kein Problem. Sag zwischendurch Bescheid, wie es Lacy geht. Und grüß sie von uns. Earl ist übrigens im Krankenhaus. Er hatte einen Herzinfarkt.«

»Verdammt, das tut mir leid, dass wir nicht bei euch sein können. Wird er durchkommen?«

Rex erklärte, wie es um Earl stand, und sagte, dass er vermutlich am Samstag aus dem Krankenhaus entlassen werden würde.

»Rex, wollt ihr die Hochzeit verschieben?«

Rex sah auf Jade hinunter, die in einem seidigen Negligé in seinem Arm lag. Sie hatte die Stirn in Falten gezogen. Wahrscheinlich dachte sie an ihren Vater. Rex wünschte sich so sehr, sie glücklich zu machen, und wenn Earl am Sonntag immer noch im Krankenhaus lag, würde er es sich nie verzeihen, dass er sie nicht gedrängt hatte, die Hochzeit zu verschieben. Er gab Jade einen Kuss aufs Haar. Wenn er doch nur wüsste, was die richtige Entscheidung war. Sollte er darauf bestehen, dass sie die Hochzeit verschoben? Oder sollten sie weitermachen wie geplant und auf das Beste hoffen?

»Weder Jade noch Earl wollen sie aufschieben.« Es laut auszusprechen nahm ihm fast den Atem. »Grüß Lacy und lass uns morgen wissen, wie es ihr geht.«

Er beendete den Anruf und schloss die Augen. Er spürte, wie Jades Finger eine Spur auf seine Brust zeichnete.

»Das war Dane. Lacy ist krank. Sie sind sich nicht sicher, ob sie zur Hochzeit kommen können.«

»O nein. Ich hoffe, es geht ihr bald besser.« Sie hob den Kopf und sah ihm in die Augen.

Insgeheim hatte er gehofft, dass die Nachricht von Lacys Krankheit sie umstimmen könnte. Er schob sie sanft beiseite und setzte sich auf die Bettkante. Die Nacht war unruhig gewesen und seine Muskeln waren verspannt.

»Ich denke wirklich, wir sollten die Hochzeit verschieben.«

Mit ihren kräftigen und zugleich weichen Händen massierte Jade seine Schultern. Sie war nicht nur Tierärztin, sondern auch Spezialistin für Shiatsu und Akupunktur bei Pferden. Er musste daran denken, wie sie ihn bei ihrem ersten Date berührt hatte. Mit so viel Liebe und Zärtlichkeit und mit so viel Leidenschaft, wie Rex es nie zuvor erlebt hatte – und seitdem jeden Tag.

Er bedeckte ihre Hand mit seiner und wusste, dass er alles tun würde, was sie wollte. Wenn sie auf dem Termin für die Hochzeit bestand, würde er sie nach Kräften unterstützen.

Später, als Rex die Pferde versorgt hatte und Jade zum Frühstück abholen wollte, fand er sie in ihrem Arbeitszimmer sitzen und Fotoalben durchblättern. Wenn es um neue Technologien ging, waren sowohl Jade als auch Rex eher altmodisch. Sie hatten beide ein Handy und einen Computer, aber Jade ließ sich ihre Fotos lieber in einem Fotoladen ausdrucken, als sie auf ihrer Festplatte zu speichern. Ihre Alben reichten bis zurück in ihre Grundschulzeit.

»Nostalgisch?« Rex beugte sich herunter und gab ihr einen Kuss auf die Wange. Sie roch nach Flame, also hatte sie offenbar einen Spaziergang zum Stall gemacht, während er auf der Ranch seines Vaters war. Sie liebte dieses Pferd genauso, wie sie ihn liebte, und das wiederum war eines der Dinge, die er an ihr liebte.

»Ich habe gerade über die Hochzeit nachgedacht. Ich habe immer davon geträumt, dass mein Vater mich zum Altar führt.«

Rex kauerte sich neben sie. »Ich weiß. Ich habe Ben vorhin

angerufen und er meinte, deinem Vater geht es gut. Die Chancen stehen nicht schlecht, dass er dich am Sonntag tatsächlich zum Altar führen kann, aber ich denke immer noch, wir sollten die Hochzeit verschieben, nur um auf der sicheren Seite zu sein.«

Seufzend fuhr Jade mit dem Finger über ein Bild, auf dem sie die Hand ihres Vaters hielt, als sie ungefähr zehn Jahre alt war.

»Er wird mich zum Altar führen. Ich weiß, dass er es schafft. Außerdem haben wir alles geplant und …« Sie knabberte an ihrer Unterlippe, als wollte sie noch etwas anderes sagen. Als sie schwieg, versuchte Rex noch einmal, sie zu überreden.

»Und was ist, wenn er es nicht schafft? Was ist, wenn wir die Hochzeit wie geplant durchziehen und er im Krankenhaus bleiben muss? Ich werde es mir nie verzeihen, dass ich dich nicht gedrängt habe, die ganze Sache vorerst abzusagen.«

Ihre Augen schimmerten tränenfeucht, und als Rex sie in die Arme nahm, spürte er, wie sich alles in ihm zusammenzog, so sehr berührte ihn ihre Traurigkeit. Er wusste, dass der Gesundheitszustand ihres Vaters ihr mehr Kummer bereitete als die Vorstellung, die Hochzeit aufzuschieben, aber ihre Gefühle waren hoffnungslos ineinander verstrickt und Rex konnte sie nicht entwirren. Wenn er die Entscheidung eigenmächtig traf, würde er ihr nur noch mehr Schmerz bereiten.

»Heute ist Freitag. Wir haben noch einen ganzen Tag Zeit, bevor wir uns entscheiden müssen. Machen wir uns also keine Sorgen. Fahr zu deinem Vater ins Krankenhaus und bleib bei ihm, so lange du willst. Ich kümmere mich um alles andere, das noch erledigt werden muss. Ich will Ross holen, er soll sich Hope ansehen. Es geht ihr nicht gut.« Rex' Cousin Ross lebte in Trusty in Colorado. Er war ebenfalls Tierarzt.

»Hope?« Wieder füllten sich Jades Augen mit Tränen. »Soll ich nach ihr sehen?«

»Auf keinen Fall. Du hast genug um die Ohren. Ross ist ein großartiger Tierarzt und du musst deinem Vater beistehen.«

»Vielleicht ist das alles ein Zeichen, weil ich die Halskette verloren habe. Was ist, wenn das alles meine Schuld ist? Dad, Hope …«

»Jade, nichts davon ist deine Schuld. Dass dein Vater Probleme mit dem Herzen bekommt, war nur eine Frage der Zeit. Du sorgst dich seit Jahren um seine Gesundheit und Hope lebt schon länger als jedes Pferd, das ich je hatte.«

Sie sah ihn mit feuchten Augen an. »Und wenn die Halskette das Bindeglied ist, das alles zusammenhält? Das uns zusammenhält? Und ohne das alles auseinanderfällt? Was ist, wenn mein Vater es nicht schafft? Was ist, wenn Hope stirbt? Was ist, wenn wir die Kette nicht wiederfinden? Sie war das Wichtigste, was deine Mutter dir hinterlassen hat, Rexy, und ich habe sie verloren.«

Rex nahm ihr Gesicht in beide Hände und küsste sie auf die Stirn. Bei der Frage, ob die Halskette vielleicht das war, was sie zusammenhielt, war er zusammengezuckt. So falsch diese Vermutung auch sein mochte, viel wichtiger war eine andere Frage, die sie gestellt hatte. »Babe, dein Vater wird es schaffen. Du hast gehört, wie zuversichtlich Ben ist, dass er wieder auf die Beine kommt. Ross wird Hope helfen. Und wir finden die Halskette, da bin ich mir ganz sicher.« Er hielt sie fest und hoffte, dass er den Mund nicht zu voll genommen hatte.

Jade weinte selten. Sie war stark und mutig, doch in den letzten Tagen – oder waren es schon Wochen? – war sie derart dünnhäutig, dass Rex sich Sorgen machte. Er wollte ihr nicht noch mehr Kummer bereiten, so gern er die Hochzeit auch verschoben hätte.

»Mein Magen spielt heute Morgen verrückt. Ich denke, ich werde das Frühstück auslassen und direkt ins Krankenhaus fahren.«

»Ich komme mit dir raus.« Er brachte sie zum Auto und zog sie an sich. »Babe, eins darfst du nicht vergessen. Es ist nicht eine Halskette, die uns zusammenhält, sondern die Liebe, die wir füreinander empfinden. Bitte sag mir, dass du das weißt.«

»Aber –«

Er legte ihr den Finger auf die Lippen. »Kein Aber. Ich liebe dich und du liebst mich. Ganz einfach. Im Moment hast du das Gefühl, als würde deine Welt in sich zusammenfallen, aber das stimmt nicht. Wir sind unkaputtbar. Das verspreche ich dir.«

Rex sah ihr nach, bis ihr Auto in der Ferne verschwand, und atmete tief durch. Würde er sich jemals daran gewöhnen? Es schmerzte ihn, ihren Kummer mitansehen zu müssen, und jeder sorgenvolle Blick machte es noch schlimmer.

Er schob diese Gedanken beiseite und rief Ross an. Sie verabredeten sich für den Nachmittag am Stall. Dann machte sich Rex auf den Weg zur Ranch. Als er ausstieg, ging Treat gerade Richtung Stall, mit Adriana an der Hand und Dylan auf dem Arm.

»Wartet«, rief Rex ihnen nach.

Adriana ließ Treats Hand los und rannte zu Rex. Sie war erst fünf Jahre alt, doch die Ähnlichkeit mit ihrer Großmutter war bereits unverkennbar. Sie hatte das gleiche braune Haar, die gleichen großen mandelförmigen Augen und immer ein Lächeln auf den Lippen.

»Onkel Rex! Wir wollen Hope besuchen.« Sie sprang in seine Arme und schlang ihm die dünnen Arme um den massigen Hals. Sie duftete nach Sirup, und ihren klebrigen kleinen Händen nach zu schließen, hatte es zum Frühstück die berühmten Pfannkuchen ihrer Mutter gegeben.

»Hast du heute Morgen meine Pfannkuchen aufgegessen?«, neckte Rex sie.

Adrianas langes Haar war zu zwei seitlichen Zöpfen hochgebunden, die hin und her flogen, als sie den Kopf schüttelte. »Mommy hat dir welche aufgehoben, aber Dylan hat Daddys gegessen.«

»Sag bloß! Dieser kleine Schlingel.«

Adriana kicherte. »Er ist wirklich ein Schlingel. Warum bist du nicht zum Frühstück gekommen?«

»Ich war bei Tante Jade.«

Sie legte den Kopf auf Rex' Schulter. »Mommy hat gesagt, dass Jades Daddy krank ist. Ich hoffe, es geht ihm bald besser.«

»Das hoffe ich auch, Prinzessin. Freust du dich darauf, Blumenmädchen bei unserer Hochzeit zu sein?« Adriana und Layla, Hughs Tochter, sollten als Blumenmädchen vor der Braut hergehen.

Sie hatten den Fuß des Hügels erreicht und folgten Treat und Dylan in den Stall.

Adriana nickte mit weit aufgerissenen Augen. »Mein Kleid ist wunderschön. Daddy sagt, ich werde das hübscheste Mädchen sein, aber Mom meint, ich sollte nicht hübscher sein als die Braut, also erzähl es Tante Jade nicht.«

»Mach dir keine Sorgen wegen Tante Jade. Sie findet dich auch wunderschön. Aber ich glaube, Layla wird genauso hübsch sein wie du.« Rex küsste sie auf die Wange.

Sie kicherte. »Dein Bart kitzelt.«

Er stellte Adriana auf den Boden. »Sei schön brav.«

»Onkel Rex, ich bin immer brav.« Sie umklammerte einen von Rex' Fingern.

Rex ging zu Hopes Box. Sie ließ den Kopf hängen, ihr ganzer Körper schien schlapp und kraftlos und sie stupste ihn nicht wie sonst an die Brust.

»Irgendwas hat sie«, sagte Rex leise zu Treat. »Ich war vorhin schon hier und eben habe ich Ross angerufen.«

Dylan streckte die Hände nach Rex aus und der nahm ihn auf den Arm und gab ihm einen Kuss in die mollige kleine Hand. »Na, wie geht's, kleiner Mann?«

Dylan kicherte.

»Dad war noch vor dir hier.« Treats Miene war düster. Rex wusste, dass er sich Sorgen um Hope machte. Keiner von beiden wollte aussprechen, was ihnen durch den Kopf ging: Was würde mit Hal passieren, wenn Hope starb?

»Wo ist Dad denn jetzt?«

»Oben bei Max und Shannon. Max will gleich mit ihm ins Krankenhaus fahren und Shannon passt auf die Kinder auf.«

»Gut. Jade ist schon bei Earl und ich bin mir sicher, dass sie die Gesellschaft brauchen kann.«

»Ich habe heute Morgen mit Dane gesprochen«, sagte Treat. »Lacy ist krank. Ich hoffe, sie können trotzdem zur Hochzeit kommen.«

Treat strich Hope sanft über das Fell und endlich drückte sie Rex die Nüstern an die Brust. All seine Hemden waren an dieser Stelle abgewetzt. Bei dem Gedanken daran, Hope zu verlieren, durchfuhr ihn ein schmerzhafter Stich.

»Ich weiß«, sagte Rex. »Er hat mich in aller Herrgottsfrühe angerufen.« Dylan griff nach Rex' Hut, der ihn vom Kopf nahm und dem Jungen reichte. Sofort begann der Kleine, an dem Stetson zu nagen.

»Tut mir leid, Dylan, aber Leder ist nichts für kleine Jungs.« Er setzte den Hut wieder auf den Kopf, und als Dylan zu quengeln begann, griff Treat in seine Tasche und zog ein Stück von einem harten Gummischlauch hervor, auf dem Dylan gern herumkaute.

»Habe ich dir eigentlich schon mal gesagt, dass du ein großartiger Vater bist, Treat?«

»Wir hatten ja auch ein großartiges Vorbild.« Treat wies mit dem Kopf zum Stalltor, wo sich Max und Hal näherten. Treat breitete die Arme aus und Max schmiegte sich an ihn. Neben ihm sah sie klein und zerbrechlich aus.

»Ihr fahrt ins Krankenhaus?«, fragte Treat.

Max' langes dunkles Haar fiel ihr locker über die Schultern. Sie trug Jeans und Stiefel und dazu ein seidiges Tanktop. Max sah ihren Mann lächelnd an und stellte sich auf die Zehenspitzen, um ihn zu küssen.

»Ja, wir fahren gleich los. Ich wollte nur schnell die Kinder holen. Shannon passt auf die beiden auf, damit ihr eure Männersachen machen könnt, ohne sie am Schürzenzipfel hängen zu haben.«

Rex drückte Dylan einen Kuss auf die Wange. »Ach was, ich liebe diese Kinder.«

Max strich Dylan über den dunklen Schopf und er streckte die Hände nach ihr aus. Sie nahm ihn auf den Arm und Rex vermisste ihn sofort. Die Sehnsucht nach einem Kind, die ihn in den letzten Monaten erfasst hatte, bahnte sich einen Weg an die Oberfläche.

»Das weiß ich doch, Rex. Vielleicht könnt ihr nach der Hochzeit gleich in die Familienplanung einsteigen.«

»Das haben wir auch vor.« Rex griff sich Adriana und wirbelte sie in die Luft. Sie kreischte vor Vergnügen. Er gab ihr einen Kuss und stellte sie wieder auf die Füße. »Mit etwas Glück werden unsere Kinder nur halb so wunderbar wie eure.«

Max verdrehte die Augen. »Bei deinen und Jades Genen werdet ihr schlaue, starke und wunderschöne Babys haben.«

»Ihre Babys werden Sturköpfe sein.« Hal legte Rex einen Arm um die Schultern. »Störrische, stolze und wunderschöne Babys, so wie wir sie hatten.«

»Danke, Dad.« Traurigkeit durchströmte Rex, als sich die Sorge um Jades Vater wieder in seine Gedanken drängte. Hals Haarschopf war jetzt eher grau als schwarz und in seinem Gesicht zeigten sich die Spuren jahrelanger harter Arbeit unter sengender Sonne. Er sah immer noch gut aus und Rex konnte sich leicht einreden, dass sein Vater mit seiner Stärke und dem geballten Selbstbewusstsein ewig weiterleben würde. Dass es Hope und Earl nicht gut ging, zerrte ihn jedoch unerbittlich in die Wirklichkeit, konfrontierte ihn mit der Endlichkeit des Daseins und ließ hinter den breiten Schultern und der mächtigen Brust den alternden Mann zum Vorschein kommen.

»Wie geht es Jade?«, fragte Hal.

»Nun, das kannst du dir wahrscheinlich vorstellen. Sie weigert sich aber, die Hochzeit zu verschieben. Mir ist dabei nicht wohl.« Er überlegte, ob er seinem Vater von der Halskette erzählen sollte, doch er wollte ihn nicht aufregen. Irgendwann würden sie sie hoffentlich finden.

»Was sagt Earl dazu?«, fragte Hal.

Rex fand es interessant, dass Hal ihn nicht nach seiner Meinung fragte, aber andererseits unterhielt er sich oft mit seinem Vater, und Rex hatte seit dem Tag, an dem er beiden Familien von ihrer Liebe erzählt hatte, nie einen Hehl daraus gemacht, dass er Jade heiraten wollte.

»Er möchte, dass wir es durchziehen.«

»Dann solltet ihr das tun.« Hal ging zu Hope und gab ihr einen Kuss auf den Kopf. »Stimmt's, Hope?« Hope wieherte und nickte.

»Und was ist mit ›Die Familie kommt immer zuerst‹?«, fragte Rex spöttisch. »Und was ist, wenn Earl nicht rechtzeitig aus dem Krankenhaus entlassen wird und er sie nicht zum Altar führen kann?«

Hal sah seinen Sohn ernst an. »Die Familie kommt tatsächlich an erster Stelle, mein Junge. Vermutlich will Jade das Risiko, dass ihr Vater nicht dabei sein kann, ebenso wenig eingehen wie du. Ich glaube, im Moment ist sie zu verstört, um klar denken zu können, aber Earl … nun, mein Sohn, Earl denkt für sie. Es gibt Zeiten im Leben eines jeden Vaters, in denen er eingreifen und das Denken für seine Kinder übernehmen muss.« Treat ging mit Max, Adriana und Dylan aus dem Stall, verabschiedete sich von Frau und Kindern und kam dann zu seinem Vater und seinem Bruder zurück.

»Sie ist erwachsen, Dad. Ich denke, sie ist aus dem Alter raus, in dem jemand für sie denken muss«, sagte Rex.

»Ich weiß, was Dad meint«, sagte Treat. »Adriana wird damit leben müssen, dass ich ständig meine Nase in ihre Angelegenheiten stecke.«

»Also soll ich mich einfach zurücklehnen und mitmachen? Die Floristin und den Caterer und den Fotografen anrufen, als könnte ich es kaum erwarten, dass diese Hochzeit ausgerechnet jetzt stattfindet? Und was ist mit Dane und Lacy?«

»Sie werden hier sein«, sagte Hal und strich Hope über die Wange.

»Lacy ist krank«, erinnerte Rex ihn. »Also kann es sein, dass wir am Ende ohne Earl, Dane und Lacy heiraten, und das wäre richtig blöd.«

Hal gab Hope einen Kuss und murmelte etwas, das Rex nicht verstehen konnte. »Vertrau mir, Rex, sie werden kommen.

Ich muss mich sputen, sonst fährt Max ohne mich.«

»Dad, Ross kommt heute Nachmittag vorbei, um nach Hope zu sehen,« sagte Rex.

Hal winkte ab. »Mit Hope wird auch alles in Ordnung sein. Für sie ist nur wichtig, dass Jade und du euch einig seid.«

Rex sah ihm nach, wie er den Hügel hinaufging. »Dad glaubt immer noch, dass er durch Hope mit Mom reden kann«, sagte er dann zu Treat. »Sollten wir uns Sorgen machen?«

Treat schüttelte den Kopf. »Wenn du meinst, dass er allmählich wirr im Kopf wird, brauchst du dir keine Gedanken zu machen. Er ist so gesund, wie man in seinem Alter nur sein kann. Falls du Angst hast, dass er zusammenbricht, wenn Hope stirbt …« Er zuckte die Achseln. »Wird es uns nicht allen so gehen?«

<h1 style="text-align:center">Fünf</h1>

Jade sah zu, wie die Krankenschwester bei ihrem Vater die Temperatur maß und die Monitore prüfte, an die er angeschlossen war. Währenddessen fragte Earl sie immer wieder, wann er entlassen werde. Die Mitarbeiter im Weston Memorial Hospital waren effizient und fürsorglich, und Ben hatte heute schon zweimal vorbeigeschaut. Jade hatte ihn gefragt, wie die Ernährung ihres Vaters künftig aussehen sollte, und sich jede Menge Notizen gemacht. Die wollte sie an ihre Mutter weitergeben, die sich mal optimistisch und zuversichtlich gab und mal in einem Nebel aus Benommenheit zu versinken schien. Jade machte sich um sie ebenso große Sorgen wie um ihren Vater.

»Dürfen wir reinkommen?«, fragte Max, die mit Hal in der Tür stand. Max umarmte Jane. »Wie geht's dir?«

»Mir geht es gut, aber Earl springt gleich aus dem Bett.« Jane drückte den Arm ihres Mannes.

»Das kann ich mir gut vorstellen.« Max beugte sich zu Earl herunter und küsste ihn auf die Wange. »Willst du weg hier? Du bist es nicht gewöhnt, den ganzen Tag im Bett zu liegen, was?« Als Earl noch als Agrartechniker arbeitete, hatte er nebenher die Familienranch geleitet. Seinen Hauptberuf hatte er inzwischen aufgegeben, was bedeutete, dass er nun nur einen statt zwei Vollzeitjobs hatte.

»Schön dich zu sehen, Max. Ich könnte jetzt schon gehen, aber Benji will mich einen weiteren Tag beobachten. Ich warte darauf, dass sie diesen verdammten Schrittmacher abnehmen, damit ich aufstehen kann. Und nach Hause gehen. Ich schwöre, er behält mich nur hier, um mich zu ärgern«, grummelte Earl.

»Wahrscheinlich nimmt er dir den Herzschrittmacher deshalb nicht ab«, sagte Max.

Earl murmelte etwas Unverständliches. Dann fiel sein Blick auf Hal und seine Miene hellte sich auf. »Hal, nett von dir, noch mal vorbeizuschauen«, begrüßte er ihn.

»Jemand muss doch sehen, dass du diesen ganzen Mist nicht nur vortäuschst«, scherzte Hal.

»Hey, zumindest weiß ich, wie man einen echten Herzinfarkt bekommt.« Ein paar Jahre zuvor hatte man bei Hal das Broken-Heart-Syndrom festgestellt, dessen Symptome denen eines Herzinfarktes ähneln. Damals waren er und Earl noch zerstritten gewesen, doch mittlerweile rissen sie ihre Witze darüber. »Mit so einem Broken-Heart-Syndrom gebe ich mich nicht zufrieden. Das ist was für Weicheier. Ein richtiger Herzinfarkt, drunter mach ich's nicht.« Earl stieß ein tiefes Lachen aus, verstummte abrupt und drückte stöhnend die Hand an die Brust.

Janes Augen weiteten sich. »Earl? Was ist los? Jade, hol Ben.«

Jade war schon auf dem Weg zur Tür, als die raue Stimme ihres Vaters sie zurückhielt.

»Alles in Ordnung. Bleib hier, Jade.«

»Dad?«

»Es ist normal, dass ich leichte Schmerzen in der Brust habe.

Habt ihr zwei nicht gehört, was Benji gesagt hat? Also, setz dich wieder hin und beruhige dich, Liebling.« Earl sah Hal mit zusammengekniffenen Augen an. Eine stumme Botschaft ging zwischen den beiden Männern hin und her.

»Lasst den alten Mann in Ruhe«, sagte Hal. »Er weiß, was in seinem Körper vorgeht.«

»Aber er nimmt es nicht immer ernst«, sagte Jade. »Ich hole mir einen Kaffee, dann seid ihr ein bisschen unter euch. Kommt jemand mit?«

»Ich komme mit«, sagte Max. »Jane, wie ist es mit dir?«

Earl tätschelte seiner Frau die Hand. »Geh mit, Janie. Du warst den ganzen Tag hier. Ein Kaffeeklatsch unter Mädels wird dir guttun.«

Jade war erleichtert, dass die Anspannung aus seinem Gesicht gewichen war. Er lächelte. »Komm schon, Mom.« Jade hakte sich bei Max und ihrer Mutter unter und so machten sie sich auf den Weg zum Aufzug. Eine Kette der Stärke.

»Bevor ich es vergesse, Max, kannst du Mom deine Rezepte für herzgesundes Kochen geben?«, fragte Jade.

Max hob die Brauen. »Du meinst meine geheimen Rezepte? Klar.«

»Danke, Max. Wenn Earl wüsste, dass ich ungesunde durch gesunde Zutaten ersetze, würde er nörgeln, bevor er das Essen überhaupt gekostet hat.«

»Hal auch. Psst. Sagt Treat nichts davon, aber bei ihm tue ich es auch.« Max und Jane lachten.

Jane legte einen Arm um Jade. »Wie geht es dir wirklich, Schätzchen?«

Jade seufzte. »Okay, glaube ich. Ich hoffe nur, Ben hat recht und Dad kommt wieder auf die Beine. Selbst wenn er mich nicht zum Altar führen kann.«

»Oh, er wird dich zum Altar führen, Jade. Er hat von diesem Tag geträumt, lange bevor du es jemals getan hast, und du kennst deinen Vater. Er ist ein Dickkopf.«

Jade trat hinter Max und ihrer Mutter in den Aufzug. »Also meinst du nicht, dass wir die Hochzeit verschieben sollten?«

Die Fahrstuhltüren öffneten sich und sie gingen zur Cafeteria.

»Ich weiß es nicht, Jade. Dein Vater meint, du solltest sie nicht aufschieben, also reden wir ihm besser nicht drein.« Ihre Mutter lächelte, aber Jade konnte sehen, dass sie genauso hin- und hergerissen war wie sie selbst.

»Rex ist nicht glücklich mit dieser Entscheidung.«

»Aber er liebt dich so sehr, Jade. Er wird tun, was du willst«, sagte Max. »Ich schwöre, ich habe noch nie gesehen, dass ein Muskelpaket von einem Mann so weich werden kann wie Rex, wenn er von dir spricht.«

»Außer, wenn Treat von dir spricht – oder wenn einer seiner Brüder von der Frau in ihrem Leben spricht«, erinnerte Jade sie.

»Ja, kann sein, aber Treat ist von Grund auf sanftmütiger als Rex. Der ist wie ein großer, grimmiger Koloss, außer wenn es um dich geht. Dann ist er wie ein großer Teddybär. Wie Hal.«

Jades Augen füllten sich mit Tränen. »Gott, ich hasse das. Es tut mir leid. Ich bin offenbar ziemlich aufgewühlt.«

Jane legte den Arm um sie. »Das ist in Ordnung, Schatz. Ich glaube, so geht es uns im Moment allen. Du fühlst dich bestimmt besser, wenn dein Vater wieder zu Hause ist und nicht mehr dieses schreckliche Krankenhaushemd anhat. Darin sieht er so zerbrechlich aus.«

»Vielleicht«, sagte Jade. »Tut mir leid, Mom. Ich sollte dir eine Stütze sein und nun heule ich bei jeder Gelegenheit los.«

»Das ist okay, Liebes. Wir haben alle unsere Art, mit der

Situation zurechtzukommen. Und du hast zur Zeit eine Menge um die Ohren.« Ihr Lächeln glättete die Sorgenfalten auf ihrer Stirn.

»Kann ich irgendwie helfen?«, fragte Max.

Jades Telefon klingelte und sie kramte es aus ihrer Tasche. »Es ist Riley. Moment mal.« Sie hielt das Telefon an ihr Ohr. »Hallo, Ri.«

»Hi, wie geht es dir heute?«

»Okay. Mom und Max sind auch hier im Krankenhaus. Hal ist bei Dad, daher wollen wir in die Cafeteria.«

»Josh und ich kommen morgen. Ich fahre dann gleich zu dir.«

»Mir geht es ganz gut, wirklich. Es fühlt sich nur so an, als würde alles auf einmal passieren. Ich habe die Halskette noch nicht gefunden, und ich will Dad nicht alleinlassen, um danach zu suchen.«

»Ich weiß einfach, dass du sie findest«, sagte Riley. »Meist tauchen diese Dinge an den seltsamsten Orten auf.«

»Ich hoffe, du hast recht. Rex macht mir zwar keine Vorwürfe, aber ich glaube, er würde es mir nie verzeihen, wenn sie für immer verloren wäre.«

Rex kaufte Futter ein, reparierte eine Box im Stall und erledigte die Arbeiten, die jeden Nachmittag auf der Ranch anfielen. Dann rief er den Caterer, den Fotografen und die Floristin an. Für Sonntag schien alles unter Kontrolle. Rex machte sich keine Sorgen um die Organisation der Hochzeit, aber er machte sich Sorgen um Jade. Und er machte sich Sorgen um Earl und Hope. Außerdem behagte ihm die Vorstellung nicht, dass vielleicht nur ein Teil seiner Familie dabei sein würde. Falls Dane und Lacy nicht kommen konnten, hatten sie ein weiteres Problem. Aber immer, wenn er daran dachte, Jade zum Verschieben der Hochzeit zu drängen, ließ ihn die Hoffnung in ihren Augen innehalten.

Savannah hatte ihm eine SMS geschickt und bestätigt, dass sie und ihr Mann Jack Remington heute Abend spät in Weston ankommen würden. Er wählte die Nummer seines jüngsten Bruders Hugh, um sich zu vergewissern, dass sich an seinen Plänen nichts geändert hatte. Dass Earl, Hope und Lacy krank waren, gab ihm zu denken. Wenn es nun doch ein Omen war, dass Jade die Kette verloren hatte? Sollte er Jade zureden, die Hochzeit zu verschieben?

Hugh antwortete beim zweiten Klingeln. »Hey, großer Bruder.«

»Wie sieht's aus?« Rex lächelte, denn er wusste, was Hugh antworten würde. Hugh war ein erfolgreicher Rennfahrer und obendrein ein schlauer Bursche. Er war ein echter Playboy gewesen, bevor er Brianna Heart, eine alleinerziehende Mutter, kennengelernt und geheiratet hatte. Hugh hatte sich Hals über Kopf in sie und ihre Tochter Layla verliebt. Er hatte Layla adoptiert und im vergangenen Jahr hatte Brianna den gemeinsamen Sohn Christian zur Welt gebracht.

»Bestimmt besser als bei dir.« Hugh lachte. »Bist du schon nervös?«

»Machst du Witze? Ich würde zum Altar sprinten, um Jade zu heiraten, aber ihr Vater ist im Krankenhaus, also hängt alles ein bisschen in der Luft.«

»Oh Mann, das tut mir leid. Das wusste ich nicht. In den letzten zwei Tage hab ich nichts mitbekommen. Wir waren unterwegs nach meinem Rennen in Florida.«

»Ich habe gehört, dass du gewonnen hast. Glückwunsch.«

»Tue ich das nicht immer?« Rex hörte das Grinsen in Hugh Stimme. »Aber im Ernst, wie geht es Earl? Und wie geht es Jade? Im tiefsten Innern ist sie ein Papakind, auch wenn sie das nie zugeben würde.«

»Ja, das ist sie. Sie macht sich Sorgen. Ben sagt, Earl könne am Samstag aus dem Krankenhaus entlassen werden, aber Jade und Earl wollen nicht, dass wir die Hochzeit verschieben.«

Er ging auf und ab und dachte an Jade. Verdammt, er hatte vergessen, nach der Halskette zu suchen.

»Außerdem können wir ihre Halskette nicht finden. Du weißt schon, den ›Tanz der Liebenden‹. Also ist sie auch deswegen gestresst. Hope geht es nicht gut, und Jade ist überzeugt, dass der Zustand von Hope und ihrem Vater irgendwie mit dem Verlust der Halskette zusammenhängt. Dass es eine Art Zeichen ist.«

»Mist, Rex. Das klingt, als wäre bei euch die Hölle los. Wir sind morgen früh da. Ich werde tun, was ich kann, um zu helfen.«

»Danke, Hugh. Hast du mit Dane gesprochen?«

»Ja. Ich habe gehört, dass Lacy krank ist.«

»Ich weiß. Ich wünschte, Jade würde mich die verdammte Hochzeit verschieben lassen.«

»Entspann dich. Entscheide jetzt noch nichts, sondern warte ab, wie es morgen aussieht. Was könnte denn schlimmstenfalls passieren? Wir werden alle ein Wochenende zusammen verbringen und du bist immer noch Single«, spottete Hugh.

»Das wäre echt Mist. Das verstehst du, oder?«

»Wem sagst du das? Ich hätte Brianna zwei Tage nach unserer ersten Begegnung geheiratet, wenn es gegangen wäre. Ich weiß nicht, wie du vier Jahre ausgehalten hast, ohne Jade zu heiraten.«

Hugh bot an, heute schon zu fliegen statt morgen, aber Rex sagte ihm, dass es nicht nötig sei. Sie redeten über Hope und ihren Vater, und nachdem sie den Anruf beendet hatten, wollte Rex Jades Stimme hören und sich vergewissern, dass es ihr gut ging. Sie nahm beim zweiten Klingeln ab.

»Hi«, sagte Jade.

»Hi, Babe. Wie geht es deinem Vater?«

»Er streitet sich gerade mit Ben. Ich denke, es geht ihm besser.«

Rex seufzte erleichtert auf. »Gott sei Dank. Und wie geht es dir und deiner Mutter?«

»Mom geht es gut. Sie ist froh, dass Dad schon wieder so kratzbürstig ist. Und mir geht's okay, denke ich. Ich hasse es, ihn im Krankenhaus zu sehen, aber zumindest sieht es so aus, als würde er es bis zur Hochzeit schaffen.«

Rex schloss für einen Moment die Augen und die Worte seines Vaters gingen ihm durch den Kopf. *Es gibt Zeiten im Leben eines jeden Vaters, in denen er eingreifen und das Denken für seine Kinder übernehmen muss.* »Dein Vater möchte wirklich, dass wir es durchziehen.«

»Ja. Und bitte frag mich nicht noch einmal, ob wir die Hochzeit verschieben. Ich habe es satt, darüber nachzudenken.«

»Was soll ich tun, Jade? Mich zurücklehnen und so tun, dass alles in Ordnung ist? Dass ich es toll finde, mit der Floristin und dem Fotografen zu sprechen, während dein Vater im Krankenhaus liegt und Hope von Minute zu Minute kränker wird?«

»Ich weiß es nicht.«

»Nun, ich wünschte, jemand könnte es mir sagen.« Rex blickte auf, als er Reifen auf dem Kies knirschen hörte.

Verdammt. Er wollte nicht mit ihr streiten. Er wäre am liebsten sofort ins Krankenhaus gefahren, um Jade in die Arme zu nehmen und die Wogen zu glätten. Doch dafür war jetzt keine Zeit mehr. »Ich muss aufhören. Ross ist gerade gekommen.«

Er stand auf, um seinen Cousin zu begrüßen. Ross war einer der Söhne von Hals Schwester Catherine. Er hatte fünf Geschwister, und sie waren von ihrer alleinerziehenden Mutter großgezogen worden, nachdem sich ihr Vater mit einer anderen Frau aus dem Staub gemacht hatte.

Ross stieg mit einer ledernen Arzttasche in der Hand aus dem Wagen. »Tut mir leid, dass ich so spät bin, Rex. Es war ein anstrengender Tag.«

»Ist schon okay. Ich bin froh, dass du es geschafft hast.« Er umarmte seinen großen, dunkelhaarigen Cousin. Ross war zurückhaltender als seine lebhaften Geschwister und erinnerte Rex an seinen Bruder Josh, der in seiner Familie ebenfalls der Stillste war.

»Lass uns einen Blick auf die gute, alte Hope werfen.« Ross ging in Richtung Stall. »Meine Mutter hat gestern Abend mit Onkel Hal gesprochen und gesagt, Earl sei im Krankenhaus. Wie geht es Jade?«

»Es geht ihr ganz gut.«

»Vermutlich verschiebt ihr die Hochzeit?«

Rex schüttelte den Kopf, als sie in den Stall gingen. »Earl und Jade wollen nichts davon hören.«

»Dann steht es also nicht so schlimm um Earl.« Ross trat zu Hope in die Box. »Wie sieht es aus, Mädchen?«

Als Hope den Kopf nicht hob, um ihn zu begrüßen, wie sie es normalerweise tat, sagte Ross: »Irgendwas hat sie. Hat sie gefressen?«

»Mehr oder weniger, aber ganz sicher nicht so, wie sie es

normalerweise tut.«

»Hat sich sonst noch etwas geändert? Tägliche Abläufe? Reitest du sie immer noch regelmäßig?«

»Nein, ich habe vor zwei Wochen aufgehört, sie zu reiten. Sie wird alt und ich will sie nicht überfordern.« Rex dachte an den Moment, als er die Entscheidung getroffen hatte. Sein Vater hatte sich dagegen gesträubt. Er wollte, dass Rex die morgendlichen Ausritte fortsetzte, zumindest an den Sonntagen, dem einem Tag in der Woche, an dem Rex immer mit Hope draußen gewesen war.

»Hat sich ihr Verhalten verändert?« Ross maß Hopes Temperatur, hörte ihre Lungen und den Bauch ab, besah sich ihre Zähne und das Zahnfleisch und machte einen Pinch-Test, um zu prüfen, ob sie ausgetrocknet war.

»Ich kann mich nicht erinnern, sie jemals so schlecht gelaunt gesehen zu haben. Allerdings waren wir in der letzten Zeit ziemlich beschäftigt. Jade und ich sind herumgerannt und haben letzte Details für die Hochzeit organisiert und …« Rex nahm seinen Hut ab und fuhr sich mit der Hand übers Gesicht. »Ich weiß es nicht. Ich habe nicht besonders gut auf sie geachtet.« *Und ich hasse mich dafür.*

»Mach dir deswegen keinen Stress.« Ross prüfte Hopes Puls und ihre Gelenke und Augen, während Rex auf und ab ging.

»Massiert Jade sie immer noch? Ich habe Elisabeth gefragt, aber sie hat gesagt, Jade sei so mit der Hochzeit beschäftigt gewesen, dass sie sich nicht sicher war.« Ross' Verlobte verwies Klienten an Jade und umgekehrt. Als Elisabeth nach Trusty gezogen war, um die Kuchenbäckerei ihrer Tante zu übernehmen, hatte sie auch einen Wellness-Service für Haustiere eröffnet, und Jade hatte ihr geholfen, ihr Geschäft anzukurbeln.

»Sie hatte in den letzten Wochen viel zu tun.«

Ross strich über Hopes Kiefer. »Pferde sind wie Menschen, wie du weißt. Und ich kann bei Hope nichts feststellen. Vermutlich ist sie deprimiert. Du hast die regelmäßigen Ausritte abgeschafft, an die sie seit Jahren gewöhnt war, und vermutlich hat Jade auch die Zeiten für die Massage geändert. Es könnte sein, dass Hope einfach einsam ist.«

»Deprimiert? Ich fass' es nicht. Mein Vater hat gesagt, Hope wollte, dass Jade und ich endlich heiraten.« Er lachte leise. »Und ich hätte ihm fast geglaubt.« *Deprimiert.* Rex hatte ein schlechtes Gewissen. Er liebte Hope ebenso sehr wie der Rest seiner Familie, und der Gedanke, dass er ihr Schmerzen bereitet hatte, traf ihn bis ins Mark.

»Vielleicht solltest du mit ihr ausreiten und Jade könnte sie wieder massieren. Möglicherweise ändert sich ihr Verhalten dann. Wenn nicht, sehe ich sie mir noch einmal an, aber ihre Vitalfunktionen sind gut und sie zeigt keinerlei Anzeichen von Krankheit. Lass dich nicht von ihrem Alter täuschen. Jedes Pferd ist anders. Ich weiß, dass du das weißt, und ich weiß, dass du wegen deiner Mutter bei Hope besonders vorsichtig bist. Aber vergiss nicht, dass einige Pferde fast bis zum Schluss geritten werden können.«

»Ich habe mir die Entscheidung nicht leicht gemacht. Ich dachte, es wäre zu ihrem Besten, damit sie sich nicht verletzt.«

»Die meisten Rancher denken so.« Ross klopfe ihm auf die Schulter. »Du hattest eine Menge um die Ohren, Rex. Kümmere dich einfach so um sie, wie du es immer getan hast, und warte ab, ob das die Lösung ist. Wenn es ihr gut geht, dann sorge nur dafür, dass jemand sie reitet, während ihr auf Hochzeitsreise seid.«

»Mit der Hochzeitsreise warten wir noch.« Rex zuckte die Achseln. »Keiner von uns hat es eilig, von der Ranch wegzukommen. Treat und Pierce haben uns in eines ihrer Resorts eingeladen, aber im Moment drängt es uns nicht, zu verreisen.« Pierce war Ross' ältester Bruder und besaß mehrere Casinos und Hotelanlagen.

»Das verstehe ich. Elisabeth und mir geht es genauso.«

»Danke, dass du rausgekommen bist, Ross.«

»Du sagst Bescheid, falls die Hochzeit verschoben wird?« Ross ging zu seinem Truck.

»Ja, natürlich. Ich bin erleichtert, dass Hope nichts Schlimmes fehlt. Depressionen sollte man nicht unterschätzen, aber du weißt, was ich meine. Ich hatte schon befürchtet, ich müsste Dad sagen, dass es mit ihr zu Ende geht.«

Ross stellte seine Tasche in den Truck. »Wenn dieser Tag kommt, wird es Hal sein, bei dem wir mit Depressionen rechnen müssen.«

»Wenn dieser Tag kommt, hast du es wahrscheinlich mit mehr als nur einem Braden zu tun.«

Sechs

»Mom, fahr nach Hause und ruh dich aus. Ich bleibe bei Dad.« Seit zwei Stunden versuchte Jade, ihre Mutter dazu zu bringen, nach Hause zu fahren. Es war spät und Jade war gereizt. Die Art, wie ihre Mutter dem Vater nicht von der Seite wich und ihn mit Argusaugen beobachtete, machte sie noch nervöser. Den ganzen Tag waren Freunde ein- und ausgegangen und hatten ihren Vater besucht und überall standen Vasen und Karten mit Genesungswünschen. Über den Gesundheitszustand ihres Vaters zu sprechen, machte ihr nichts aus, aber sie war es leid, über ihre bevorstehende Hochzeit zu plaudern. Sie war sich nicht einmal sicher, ob es die richtige Entscheidung war, die Hochzeit am Sonntag wie geplant stattfinden zu lassen. Sie hoffte es, und ihr Vater schien wild entschlossen zu sein, dass sie und Rex heiraten sollten. Jade gab sich alle Mühe, es ihm recht zu machen, aber sie machte sich auch Sorgen wegen Hope und wurde zudem das Gefühl nicht los, dass sie alles verbockt hatte, als sie die Halskette verlor. Während sich ihr Vater mit seinen Freunden unterhielt, hatte sie alle Kunden angerufen, bei denen sie in den letzten zwei Wochen gewesen war, aber niemand hatte die Kette gefunden.

Es kam ihr vor, als sei sie ins offene Meer geworfen worden

und versuche verzweifelt, den Kopf über Wasser zu halten. Wie sehr wünschte sie sich, dass ihr jemand einen Rettungsring mit den Antworten auf all ihre Fragen zuwarf. Bei ihrem Vater war inzwischen der Herzschrittmacher entfernt worden. Bis zum morgigen Nachmittag sollte er noch beobachtet und dann aus dem Krankenhaus entlassen werden. Ben hatte ihr mehrmals versichert, dass die Chancen gut standen und Earl tatsächlich rechtzeitig nach Hause kommen würde. Er hatte sogar schon einen kurzen Spaziergang über den Flur gemacht. Ben war zufrieden mit seinem Fortschritt.

Ihr Gespräch mit Rex hatte ein ungutes Gefühl bei ihr zurückgelassen und am liebsten wäre sie nach Hause gefahren, um alles wieder ins Lot zu bringen. Andererseits wollte sie so lange bei ihrem Vater bleiben, bis sie sicher sein konnte, dass er ohne Herzschrittmacher zurechtkam. Ihr Vater war nicht sonderlich auskunftsfreudig und mit ihrer Mutter, die immer wieder in einen zombieähnlichen Zustand driftete, hatte sie alle Ereignisse der letzten Tage schon tausendmal durchgekaut. Und außerdem schlug ihr der typische Krankenhausgeruch allmählich auf den Magen. Am Tag zuvor war er ihr gar nicht aufgefallen, aber sie war auch viel zu durcheinander gewesen, um etwas so Banales zu wahrzunehmen. Jetzt erinnerte er sie unerbittlich an den Herzinfarkt ihres Vaters. Aber wenn ihr Vater in der Klinik sein musste, fühlte sie sich gezwungen, ebenfalls dort zu sein.

Ihr Bruder hatte früher am Tag vorbeigeschaut, und wenn sie jetzt ihre Mutter überzeugen konnte, sich zu Hause ein wenig auszuruhen, würde sie noch eine Weile bleiben und dann selbst nach Hause fahren und sich selbst etwas entspannen. Wie lange sie bleiben würde, wusste sie nicht. Vielleicht schlief ihr Vater irgendwann ein. Dann wäre sie sich sicher, dass es ihm gut ging. Sie konnte nicht einmal mehr klar denken.

»Jade hat recht, Schatz. Fahr heim und ruh dich aus. Morgen ist unser großer Tag. Benji hat gesagt, um zwei Uhr bin ich hier raus.« Earl strich seiner Frau mit der Hand über die Wange. Jane legte ihre Hand auf seine und lächelte.

Die Liebe zwischen ihren Eltern war so real wie die Liebe zwischen ihr und Rex. Es war tröstlich zu sehen, wie ihr Vater ihre Mutter beruhigte. Dadurch erschien er weniger verletzlich und eher wie der Beschützer, der er immer gewesen war.

»Okay, Earl, aber achte darauf, dass Jade auch bald nach Hause fährt. Schließlich muss sie die Hochzeit vorbereiten.«

Jade umarmte ihre Mutter zum Abschied und versprach, nicht allzu lange zu bleiben. Als sie gegangen war, fragte Jade ihren Vater, ob er etwas brauche.

»Nein danke, Schatz. Komm, setz dich zu mir.« Er klopfte auf die Matratze.

Sie ließ sich auf der Bettkante nieder. Aus der Nähe waren die feinen Linien um seine Augen und den Mund deutlicher zu sehen, aber in seinem Blick lag die gleiche Stärke wie eh und je. Auch das fand Jade sehr tröstlich.

»Ich möchte nicht, dass du dir Sorgen um deinen alten Vater machst. Ich komme schon wieder auf die Beine. Du solltest nach Hause fahren und dich ausruhen.«

»Das mache ich auch bald.« Bisher hatte Jade ihrem Vater nicht von der Halskette erzählt. Vielleicht war es egoistisch, aber sie musste von dem Mann, der immer gewusst hatte, was richtig und falsch war – wenn man von der verdammten Fehde einmal absah – hören, dass alles in Ordnung kommen würde.

Mit Tränen in den Augen gestand sie ihm, was sie bis ins Mark getroffen hatte. »Dad, ich habe die Halskette verloren, die Rex' Mutter ihm hinterlassen hat.«

Voller Mitleid sah ihr Vater sie an. »Kein Wunder, dass du in letzter Zeit so traurig warst.«

»Das liegt an deinem Herzinfarkt«, sagte Jade.

Ihr Vater ergriff ihre Hand und lächelte sie an. Es war das erste richtige Lächeln, das sie seit seiner Ankunft im Krankenhaus gesehen hatte. »Schätzchen, ich möchte dir etwas sagen. Du weißt doch, wie sich deine Mutter und Adriana heimlich mit euch Kindern getroffen haben und dachten, Hal und ich würden es nicht merken.«

»Als ihr beide heillos zerstritten wart. Ja, Mom hat mir davon erzählt.«

»Nun, es gibt bestimmte Dinge, die weiß man einfach. So wie du weißt, dass du Rex liebst, und wie Steven weiß, dass er in die Berge gehört. Ich wusste, dass deine Mom versuchte, die Verbindung zwischen unseren Familien aufrechtzuhalten. Und ich würde wetten, dass Hal es ebenfalls wusste. Obwohl er so störrisch ist wie ein Maultier und es wahrscheinlich niemals zugeben würde.«

Er schüttelte den Kopf. »Hal und ich haben uns vielleicht gestritten, aber den Schmerz, den wir alle beim Tod seiner Frau empfanden, hat die Zeit nicht gelindert. Deine Mutter trauert immer noch um sie. Und wie du weißt, ist Hal überzeugt, dass er mit ihr kommunizieren kann.«

»Durch Hope.« Sie hatte Hal im Laufe der Jahre oft genug mit der Stute reden hören, als sei sie Adriana.

»Genau. Verrückter alter Kerl.« Earls Lächeln strafte seine Worte Lügen. »Wie dem auch sei: Die Verbindung zwischen Rex und seiner Mutter besteht nicht wegen der Halskette. Sie ist in seinem Herzen, Schatz. Der Verlust einer Halskette ändert daran nichts.«

»Aber es war so seltsam, wie wir die Kette bekommen

haben. Dad, wir sind in diesen Laden gegangen, der hieß *Juwelen der Vergangenheit*. In Allure, mehr als dreißig Meilen von hier entfernt. Und diese Frau wusste irgendwie, dass die Kette für uns bestimmt war. Wenn das kein Wunder ist!«

Earl seufzte. »Also glaubst du, dass eine höhere Macht hinter diesem Schmuckstück steckt?«

»Ich denke schon. Anders kann es gar nicht sein. Ich weiß, es klingt verrückt, aber es fühlt sich nicht verrückt an. Und als wir in diesem Laden waren, fühlte es sich auch nicht verrückt an, sondern einfach nur richtig. Und es hat unsere Liebe noch tiefer werden lassen. Ich wünschte, du hättest sehen können, welche Wirkung die Kette auf Rex hatte. Er hatte eine regelrechte Panikattacke und es war, als würde plötzlich alles passen. Unsere Herzen, unsere Liebe … unser Leben. Dad, ich finde es so schrecklich, dass ich das Einzige verloren habe, das ihm etwas bedeutet hat.«

»Das hast du nicht.«

Beim Klang von Rex' Stimme wirbelte Jade herum. Er trat zu ihr und griff nach ihrer Hand. »Hi, Babe«, sagte er und begrüßte dann ihren Vater: »Earl, geht es dir gut?«

»Ja, Rex, danke.«

»Würde es dir etwas ausmachen, wenn ich meine zukünftige Frau für einen Moment ausborge?«

»Überhaupt nicht.« Earl scheuchte sie vom Bett. »Sie lässt mich keine Sekunde aus den Augen.«

»Was machst du hier?«, fragte Jade, als Rex sie aus dem Krankenzimmer und durch den Flur führte.

»Du warst nicht zu Hause und ich wollte nicht ohne dich da sein.« Er stieß die Tür zu einem Krankenzimmer auf und Jade stockte der Atem: Am anderen Ende des Raumes stand ein festlich gedeckter Tisch im Kerzenschein.

»Rex?«

»Ich habe ein paar Kontakte spielen lassen, um uns etwas Privatsphäre zu verschaffen. Ich habe versprochen, dass wir das Zimmer nur eine halbe Stunde lang belegen – und dass sie das Bett nicht frisch beziehen müssen. Du hast nicht das Einzige verloren, das mir etwas bedeutet. Du bist ja hier, Jade.« Sein Mund begegnete ihrem in einem zärtlichen Kuss. »Ich liebe dich. Es tut mir so leid, dass ich vorhin so kurz angebunden war.«

»Mir auch. Das hat mich den ganzen Abend bedrückt.«

Er hob sie in seine Arme und ihre Beine legten sich wie von selbst um seine Taille, als er ihren Mund in einem tiefen, gefühlvollen Kuss nahm, der den Schmerz in ihrem Herzen linderte. Er drehte sie so, dass ihr Rücken an der Wand lehnte und sein Körper an ihren drückte.

»Du fühlst dich wunderbar an. Ich sollte dich heiraten«, witzelte Rex.

»Du bist nicht sauer, wenn wir die Hochzeit nicht verschieben?«

Er küsste sie wieder. »Ich war nicht sauer. Ich mache mir Sorgen, dass du enttäuscht sein könntest, wenn dein Vater dich nicht zum Altar führen kann. Ich liebe dich so sehr, Jade. Alles, was ich will, ist, dich glücklich zu machen.«

Sie senkte den Mund auf die Haut, die an seinem offenen Hemdkragen hervorblitzte, und küsste sich bis zu seinem Nacken.

»Ich wüsste eine Möglichkeit, wie du mich glücklich machen kannst«, flüsterte sie.

Ein tiefes Stöhnen entfuhr ihm. »Denk an die Bettwäsche.«

»Ach ja.« Sie presste ihre Lippen auf seine. »Dann muss ich mich wohl damit zufriedengeben.«

Ohne seinen Mund von ihrem zu lösen, trug Rex sie zum Tisch, setzte sich auf einen Stuhl und senkte sie auf seinen Schoß.

Seine harte Länge drängte gegen ihre feuchte Mitte. Am liebsten hätte sie ihn überredet, sie an Ort und Stelle zu nehmen. Sie sehnte sich danach, ihm ganz nahe zu sein, ihn in sich zu spüren, von seiner Stärke zehren und seine Liebe in sich aufsaugen.

Er vertiefte den Kuss, dann zog er sich zurück und strich mit den Lippen über ihre Wange. »Wenn wir am Sonntag heiraten, dann bist du nur noch einen Tag lang Jade Johnson, und bis dahin möchte ich dich so oft wie möglich küssen. Der Rest kann warten.«

Er küsste sie wieder. Es war ein langsamer, quälender, neckender Kuss, der ihr Verlangen nur noch mehr auflodern ließ. »Vielleicht«, murmelte er nach einer Weile.

Sieben

Am Samstagmorgen stand Jade um sieben Uhr auf und machte sich auf den Weg zum Stall, um Hope zu massieren. Danach wollte sie ihrer Mutter helfen, ihren Vater vom Krankenhaus nach Hause zu bringen. Als Rex um halb fünf aufgestanden war, war Jade zu müde gewesen, um sich zu rühren, aber jetzt war sie bereit für den Tag und freute sich, dass ihr Vater aus der Klinik entlassen werden sollte. Statt mit dem Auto zu fahren, ging sie durch den Wald, der ihr Grundstück von dem der Bradens trennte. Es war ein wunderschöner sonniger Morgen, der die Hoffnung in Jades Herz widerspiegelte. Die friedliche Stimmung tat ihr gut. In dem Chaos der letzten Tage hatten sie und Rex kaum Zeit füreinander gehabt, doch der gestrige Abend hatte vieles wettgemacht.

Sie dachte an das Funkeln in seinen Augen, als er sich früh am Morgen fertig gemacht hatte, um mit Hope auszureiten. Rex brauchte diese Ausritte ebenso sehr wie Hope, da war sich Jade sicher. Am Waldrand blieb sie stehen und betrachtete die Wiesen mit ihren Ställen und dem Haus, in dem Rex aufgewachsen war. Wie oft war sie früher auf ihrem Pferd an der Ranch vorbeigeritten, in der Hoffnung, einen Blick auf Rex zu erhaschen? Sie liebte Rex schon, so lange sie sich erinnern konnte, aber wegen der Fehde zwischen ihren Vätern hätte sie sich nie träumen lassen, dass er sie auch nur eines Blickes würdigen würde oder sie jemals eine Chance hätten, zusammenzukommen. Das war auch der Grund, weshalb sie ihre Ausbildung in Oklahoma absolviert hatte. Sie hatte es einfach nicht mehr ausgehalten, sich nach einem Mann zu verzehren, der für sie unerreichbar war.

Und morgen würde sie ihn heiraten.

Jetzt, wo ihr Vater aus dem Krankenhaus entlassen wurde, konnte sie aufatmen und sich auf das Barbecue mit der Familie freuen, mit dem sie ihren letzten Abend als Verlobte feiern wollten.

Sie war nicht überrascht, Rex, Savannah und Jack bei Hope im Stall zu finden. Savannah und Jack lebten in New York und besaßen außerdem ein Holzhaus in den Colorado Mountains. Sie hatten im vergangenen Jahr auf der Ranch geheiratet und Savannah war im vierten Monat schwanger.

»Jade!« Das Lächeln auf Savannahs Lippen ließ ihre grünen Augen aufleuchten, als sie Jade umarmte. »Ich habe gerade gehört, dass dein Vater heute nach Hause kommt. Das sind wundervolle Neuigkeiten.«

»Ja, wir sind zuversichtlich, dass morgen alles so klappt, wie wir es geplant haben.« Jade berührte Savannahs kastanienbraunes Haar, das ihr auf die Schultern fiel. »Ich liebe deine neue Frisur.« Sie tätschelte Savannahs Bauch. »Und deinen Babybauch.«

»Vielen Dank. Ich kann es kaum glauben, dass wir in ein paar Monaten unser Baby zum ersten Mal sehen.«

Jack umarmte Jade. »Wie geht es dir, Süße?« Er war stämmig, wie Rex, mit einem stahlharten Körper und einem butterweichen Herzen. Er hatte seine erste Frau bei einem

Autounfall verloren, zwei Jahre bevor er Savannah kennenlernte. Savannahs Liebe hatte ihm geholfen, darüber hinwegzukommen.

»Danke, ganz gut. Es waren ein paar schlimme Tage, aber ich denke, von jetzt an geht es bergauf.«

Rex zog sie in seine Arme und presste seine Lippen auf ihre.

»Oha«, sagte Savannah. »Heb dir das für die Hochzeitsnacht auf, Junge.«

Rex lachte. »Komm, Jack. Wir gehen zu Dad und Treat.«

Rex gab Jade einen weiteren Kuss, ergriff ihre Hand und ging langsam davon, bis sich nur noch ihre Fingerspitzen berührten. »Ich liebe dich, Schatz.«

»Ich liebe dich auch, Rexy.«

»Komm schon.« Jack zog Rex den Hügel hinauf.

»Ihr beide seid immer noch so süß zusammen«, sagte Savannah und strich Hope über das Fell.

»Ihr aber auch.« Hope drückte Jade den Kopf an die Brust. »Hallo, Hope. Tut mir leid, dass ich dich vernachlässigt habe. Aber jetzt nehme ich mir Zeit für dich und verwöhne dich ein bisschen. Versprochen.«

»Macht es dir etwas aus, wenn ich zuschaue?« Savannah holte sich eine Decke aus der Nachbarbox, warf sie auf den Boden und setzte sich mit gekreuzten Beinen darauf.

Jade trat an Hopes Seite und presste die Hände flach gegen ihr warmes Fell. »Ganz und gar nicht.«

Jade schloss die Augen und richtete ihre Gedanken auf Hope. Sie strich langsam über Hopes Schulter und lockerte die angespannten Muskeln. Dann bearbeitete sie ihr Vorderbein. Während sie knetete und immer wieder die Hand über das Fell gleiten ließ, tastete Jade instinktiv nach empfindlichen Stellen und nahm Hopes Reaktionen wahr. Sie fuhr über ihre

Brustmuskeln und die Schulterspitzen und konzentrierte sich dann wieder auf die Schulter, bevor sie sich den Rücken vornahm. Jade freute sich, Hope wieder so nahe zu sein. Sie hatte diese Nähe zu dem Pferd vermisst, und während sie erst mit gespreizten Händen, dann leicht schiebend über Hopes Lenden und die Hinterhand fuhr, erinnerte sie sich an das erste Mal, als sie Rex massiert hatte. Er war so angespannt gewesen wie viele Pferde, mit denen sie arbeitete, aber unter ihren Händen war er schließlich dahingeschmolzen, so wie sie es seither jeden Tag unter seinen tat.

»Das sieht aus wie in einem perversen Pornofilm«, sagte Savannah.

Jade lächelte. Sie hatte ganz vergessen, dass Savannah ihr zusah.

»Ich wette, Rex liebt das.«

»Gib's zu: Du willst nicht wirklich hören, was dein Bruder mag.«

»Stimmt.« Savannah seufzte. »Aber ich kann mir vorstellen, dass Rex solche Massagen dringend nötig hat. Er ist immer so zugeknöpft.«

»Bei mir nicht.« Jade ging um Hope herum, um sich ihrer anderen Seite zu widmen, und gab ihr bei dieser Gelegenheit einen Kuss auf die Stirn.

»Ich weiß. Bei dir ist er wie ein sanfter Riese, aber sonst kommt er als düsterer, in sich gekehrter Grübler daher«, sagte Savannah. »Hope sieht aus, als würde sie die Massage genießen.«

»Tut sie auch. Ich kann es spüren.« Jade bearbeitete ihren Nacken. »Ich werde dich von jetzt an wieder regelmäßig massieren, das verspreche ich dir.«

»Du hattest mit deinem Vater und der Hochzeit eine Menge zu tun. Ich weiß nicht, wie du das alles schaffst.« Savannah stellte sich neben Jade. »Was denkst du über die Verbindung meiner Familie mit Hope und ...?«

»Und deiner Mutter?«, fragte Jade. Savannah nickte.

»Ich denke, dass die Liebe seltsame Wege geht. Die Liebe deiner Mutter zu euch war offensichtlich so tief, dass sie jeden von euch auf eine andere Weise beeinflusst hat. Wie man an Rex und mir sieht.« Der Gedanke an die Halskette versetzte ihr einen Stich.

»Diese Frau, die Besitzerin des *Juwelen der Vergangenheit*, wusste, dass die Halskette deiner Mutter für uns bestimmt war.« Die Art und Weise, wie die Halskette in ihre Hände gelangt war, war für Jade immer ein Zeichen für die höheren Mächte gewesen, die ihre Finger im Spiel hatten. »Das ist die tiefe Liebe, die ich meine. Und wie dein Vater an diesem Pferd hängt und mit deiner Mutter redet, wenn er hier ist ... Wie kann das nicht echt sein? Ich wünschte, deine Mutter wäre am Leben und bei unserer Hochzeit dabei. Bei all euren Hochzeiten. Aber ich denke, sie ist im Geiste bei uns.«

Savannah strich über Hopes Nacken und Hope wandte ihr ihren großen Kopf zu. »Ich hoffe nur, dass ich wenigstens halb so mütterlich werde, wie meine Mutter es war. Ich erinnere mich kaum an sie, aber meine Brüder haben mir so viel von ihr erzählt, dass ich mir vorstellen kann, wie liebevoll sie war. Diese Liebe möchte ich unseren Kindern auch geben.«

»Du wirst eine wunderbare Mutter sein. In allem, was du tust, zeigst du deine Liebe. In der Art, wie du Jack ansiehst. In der Art, wie du seine Hand berührst. In der Art, wie du deine Brüder neckst, und auch in der Art, wie du dich jedes Mal freust, wenn du mich oder Brianna, Max, Lacy oder Riley siehst. Die Liebe ist einfach da und du hast sie im Überfluss.«

»Danke, Jade. Ich hoffe, du hast recht.«

Jade sah, wie Rex und Jack mit Treat zum Stall zurückkehrten. Jack hatte Dylan auf dem Arm und Rex hielt Adriana an der Hand. »Sieh dir unsere Männer an. Hast du jemals etwas Schöneres gesehen?«

»Nein.«

Jade seufzte und war so voller Liebe, dass ihr wieder die Tränen in die Augen stiegen. »Ich weiß nur eins: Wenn du jemanden so liebst, wie ich Rex liebe und wie du Jack liebst, brauchst dir keine Sorgen zu machen. Die Liebe kommt von ganz allein.«

Acht

Für Rex gab es kaum etwas Wichtigeres als die Familie, und als er sich im Garten der Ranch umschaute, in dem sie an diesem Samstagabend das Barbecue aufgebaut hatten, quoll sein Herz schier über. Earl und Hal saßen Seite an Seite am Tisch, zwei stattliche Männer mit einem breiten Lächeln. Sie lachten herzlich über etwas, das Rex nicht mitbekommen hatte. Jades Mutter saß neben Earl und häufte ihm Gemüse auf den Teller. Jade, Riley und Savannah unterhielten sich flüsternd, während Jack und Hugh die Steaks und Hamburger servierten, die Josh am gemauerten Grill zubereitete. Brianna ließ Christian auf ihren Knien hüpfen, während er an einem Spielzeug nagte, und Layla und Adriana tobten kichernd im Gras. Shannon, die Cousine der Bradens aus Peaceful Harbor, saß mit Steve zusammen. Sie schob sich eine dunkle Haarsträhne hinters Ohr und lächelte. Es war ein kokettes und zugleich schüchternes Lächeln. Rex betrachtete Steve ein wenig genauer. Das Interesse in den Augen seines zukünftigen Schwagers war unverkennbar. Treat saß neben seinem Sohn, und als er aufsah, fiel sein Blick auf Rex. Sie lächelten sich zu, eine stumme Wertschätzung des Wunders der Familie und der Liebe.

Rex stellte sich zu Josh an den Grill, statt sich zwischen

seine Cousine und Steve zu setzen. Was sollte er sich da einmischen? Dass Shannon seinen Beschützerinstinkt weckte, konnte er kaum verhindern, aber Steve war in Ordnung, und Shannon konnte sicher selbst auf sich aufpassen. Schließlich war sie mit vier älteren Brüder aufgewachsen.

»Geht es dir gut, großer Bruder?« Josh stupste Rex mit der Schulter an. Zu ihren Familienzusammenkünften gehörte immer auch ein Barbecue und Josh war im Laufe der Jahre die Rolle des Grillmeisters zugefallen. Ab morgen waren er und Dane die letzten beiden unverheirateten Brüder der Bradens in Weston, obwohl beide verlobt waren.

»Und ob! Jetzt, wo Jades Vater wieder zu Hause ist. Ich wünschte nur, ich könnte Dane und Lacy erreichen. Ich mache mir Sorgen um sie.«

»Wenn etwas passiert wäre oder wenn es Lacy schlechter ginge, hätte Dane uns angerufen. Das weißt du doch. Ich habe gehört, dass sie einen Termin bei einem Arzt hatten. Wahrscheinlich hat er die Telefone ausgeschaltet, damit Lacy sich ausruhen kann oder so.«

Josh und Riley waren direkt vom Flughafen zum Abendessen gekommen. Rex musterte Anzug und Krawatte seines Bruders. »Warum bist du immer noch so herausgeputzt?«

Im Gegensatz zu Rex, der seine massige Statur der jahrelangen harten Arbeit auf der Ranch verdankte, hielt sich Josh in New York City durch Joggen fit. Als weltbekannter Modedesigner trug er Kleidung, die perfekt zu seinem schlanken Körper passte. Glücklicherweise hatte er trotz seiner steilen Karriere seine Wurzeln nicht vergessen, sondern war immer noch bodenständig und dem Land verbunden, auf dem er aufgewachsen war.

»Keine Ahnung.« Josh zog Jackett und Krawatte aus und legte beides über eine Stuhllehne. »Weißt du, jetzt, wo ihr den Bund des Lebens schließt, können Riley und ich unsere Hochzeit nicht weiter aufschieben.«

»Stimmt. Ihr wartet immer auf eine Lücke in eurem Terminkalender, auf den perfekten Moment.« Rex sah zu Earl hinüber. »Wenn ich etwas daraus gelernt habe, dann ist es das: Den perfekten Moment gibt es nicht. Heirate sie, Josh. Warte nicht länger und beginne dein Leben.«

Joshs Blick ging zu Riley. »Wir wünschen uns beide eine Familie, also sollten wir wohl Nägel mit Köpfen machen und heiraten.«

»Ich werde dich beizeiten daran erinnern.«

Josh verteilte das letzte Fleisch und die Kartoffeln auf Teller und gemeinsam trugen sie alles zum Tisch. Josh setzte sich neben Riley, die sofort nach seiner Hand griff, und Rex setzte sich neben Jade.

Jade beugte sich zu ihm und flüsterte: »Du bist der attraktivste Mann hier.«

»Du bist ein bisschen voreingenommen.« Er küsste sie sanft. »Aber ich mag deine Voreingenommenheit.«

Treat klopfte mit dem Löffel an sein Glas und stand auf. »Ich würde gerne ein paar Worte sagen.«

»Typisch!«, neckte Hugh.

»Eigentlich wollte ich mit einer kurzen Lobrede auf dich beginnen, weil du wieder mal ein Rennen gewonnen hast, du Klugscheißer«, sagte Treat.

Josh und Rex hoben ihr Glas und riefen: »Auf Hugh, den Großen.« Die Männer lachten über den Spitznamen.

Savannah verdrehte die Augen. »Also wirklich! Ihr seid doch

keine Teenager mehr.«

Die Männer sahen einander ernst an, nur um gleich darauf wieder loszulachen.

»Vanny, wieso sollte das irgendeine Rolle spielen?«, fragte Treat.

»Ich weiß nicht«, sagte Savannah. »Solltet ihr euch nicht etwas erwachsener benehmen? Schließlich haben wir Kinder am Tisch sitzen. Ihr seid jetzt Vorbilder.«

Damit löste sie nichts als brüllendes Gelächter aus.

»Beruhigt euch, Jungs.« Hal stand auf. »Savannah hat recht. Wir wollen doch der nächsten Generation der Bradens mit gutem Beispiel vorangehen.« Er sah Jack und Savannah an. »Und der Remingtons. Sonst werden sie noch alle wie ihr.« Er legte Earl die Hand auf die Schulter. »Oder noch schlimmer: wie Earl und ich.«

Earl lächelte ihn an.

Hal wies mit dem Kopf auf Layla und Adriana, die im Gras spielten. »Darum geht es beim Erwachsenwerden. Die Momente genießen. Diese Mädchen machen sich keine Sorgen wegen Onkel Hughs lächerlichem Spitznamen ...«

»Hey, ich werde diesem Spitznamen aber gerecht.« Hugh zog Brianna an sich und küsste sie auf die Schläfe. »Stimmt's, Schatz?«

Brianna lächelte, als er seine Lippen auf ihre presste.

»Wie ich bereits sagte«, fuhr Hal fort. »Sie scheren sich nicht um Spitznamen. Tatsächlich würde ich mir Sorgen machen, wenn wir keine Spitznamen hätten. Und hier an diesem Tisch haben wir reine, unverfälschte Liebe, und zwar jede Menge.« Hal setzte sich wieder hin und nickte Treat zu.

»Nun, da habt ihr es. Ich denke, ich kann mir den Rest meiner Rede sparen und gleich zu dem übergehen, was als

Einziges zählt.« Treat hob sein Glas. »Auf die Familie.«

Rex lehnte seine Stirn an Jades. »Auf die Familie«, flüsterte er. »Deine, meine und eines Tages unsere.«

Neun

Am Sonntagmorgen erwachte Rex, als ein Lufthauch seine Haut streifte und die leise Stimme seiner Mutter an sein Ohr drang.

Kleid.

Ein Wort, auf das er sich keinen Reim machen konnte. *Kleid?* Er überlegte, ob er sich vielleicht verhört hatte. Was klang denn so ähnlich wie Kleid?

Während allmählich der Morgen graute, lag er da und dachte nach. Langsam hatte er das Gefühl, als würde alles so klappen, wie sie es sich vorgestellt hatten. Seine ganze Familie war da, abgesehen von Dane und Lacy, Earl wurde zusehends gesünder und er würde die Frau seiner Träume heiraten. Rex fühlte sich wie neugeboren. Er zog sich an und machte sich auf den Weg zur Ranch seines Vaters. Er freute sich auf seinen Ausritt mit Hope.

Seine Stiefel waren feucht vom Tau, als er am Stall ankam. Er öffnete die schweren Tore und Hope wieherte zur Begrüßung. Er sattelte sie und dachte an den ersten seiner sonntäglichen Ausritte mit Hope. Damals war er gerade acht Jahre alt gewesen. Es war der erste Sonntag nach dem Tod seiner Mutter. Selbst nach all den Jahren war er nicht sicher, was ihn an jenem Sonntag aus dem Schlaf schrecken ließ, aber er schwor, dass es die flüsternde Stimme seiner Mutter war, die ihn in den Stall geführt hatte und auf Hopes Rücken klettern ließ. Seither hatte er diese Stimme immer wieder gehört, genau wie an diesem Morgen.

Kleid.

Er wusste nicht, was es bedeutete, aber bei allem, was von seiner Mutter zu kommen schien, ging er davon aus, dass er es eines Tages erfahren würde.

Er ritt mit Hope den vertrauten Weg entlang, der die Grenze zwischen seinem Grundstück und dem seines Vaters darstellte. Hope wusste genau, wo sie umkehren musste. Sie nahmen diesen Weg seit dreißig Jahren und eigentlich war es eher Hope, die Rex führte, als umgekehrt. Der Pfad schlängelte sich hinunter in die Schlucht bis zum Fluss, wo Rex und Jade sich das erste Mal wiederbegegnet waren, nachdem Jade nach Weston zurückgekehrt war, um ihre Tierarztpraxis zu eröffnen. Rex erinnerte sich an den frischen Morgen vor vier Jahren, als das Schicksal sie zusammengeführt hatte. Als er sie dort mit ihrem verletzten Hengst Flame stehen sah, waren fünfzehn Jahre unerwiderten Verlangens unversehens aufgeflackert. Er hatte überlegt, ob er umdrehen und sich davonschleichen sollte, bevor sie ihn sah, aber er fühlte sich zu ihr hingezogen wie eine Motte vom Licht.

Und daran hatte sich bis heute nichts geändert.

Hope blieb auf dem Hügel oberhalb von Devil's Bend, wo die Schlucht halsbrecherisch enge Biegungen beschrieb und der Fluss sich zu einem natürlichen Becken weitete, bevor das Wasser über eine Steinzunge zwanzig Fuß tief in ein Felsbecken stürzte. Dort hatte er Jade damals erspäht. Sie hatte hinreißend ausgesehen, mit den langen schwarzen Haaren und dem cremefarbenen T-Shirt, das ihre atemberaubenden Rundungen betonte, und mit den Jahren war sie nur noch schöner geworden. Rex streichelte Hopes Mähne.

»Damals hast du mich auch hierher geführt, Hope.«

Hope wieherte und nickte mit ihrem großen Kopf. Nicht zum ersten Mal – und vermutlich würde es nicht das letzte Mal sein – dachte Rex darüber nach, wie eng Hope mit seiner Familie und vor allem mit ihm verbunden war. Ihre Ausritte hatten ihn durch die schrecklichen Wochen nach dem Tod seiner Mutter und die schwierige Zeit geholfen, in der er in Jade verliebt war und sich wegen der unsinnigen Fehde zwischen seinem Vater und den Johnsons nicht zu seiner Liebe bekennen konnte. Er war auf Hope zu Jades Haus geritten, als ihre Beziehung noch ganz frisch war, und sie hatte ihn seitdem immer wieder unaufgefordert zu ihr geführt. Er hatte keine Ahnung, was es wirklich mit Hope und ihrer Verbindung zu seiner Mutter auf sich hatte. Vielleicht bildeten sie sich alle nur etwas ein und sahen das, was sie sehen wollten. Allerdings war er fest davon überzeugt, dass das Schicksal ihn und Jade zu *Juwelen der Vergangenheit* geführt hatte. Was er gespürt hatte, als sie den Laden betraten, als er die Halskette sah und mitbekam, wie sein Vater darauf reagierte – all das hatte ihm gesagt, dass er und Jade sich lieben sollten, und irgendwie hatte seine Mutter es gewusst, noch bevor er überhaupt auf der Welt war.

Er ritt Hope zurück zum Stall. Seine Brüder waren da, um den Garten für die Hochzeit vorzubereiten. Er hatte sich viel zu viele Gedanken gemacht. Jade würde ihre Hochzeit haben. Ihr Vater würde sie zum Altar führen und sie würden den Bund fürs Leben auf dem Boden schließen, auf dem er aufgewachsen war. Er war ein Glückspilz. Er hatte nicht nur die fürsorglichste Familie, die man sich wünschen konnte, sondern er heiratete heute auch die Frau, die er sein ganzes Leben lang geliebt hatte.

Rex wusste, dass Dane, selbst wenn er es nicht rechtzeitig zur Hochzeit schaffte, in Gedanken bei ihnen sein würde. So wie seine Mutter, wo immer sie auch sein mochte.

Jade saß auf ihrem Bett und presste das Telefon ans Ohr. Sie hatte ihre Eltern angerufen, um zu hören, wie es ihrem Vater ging, und war erleichtert, dass er keine Beschwerden hatte. Nach dem Mittagessen hatte er sogar einen Spaziergang gemacht und saß nun, Stunden später, mit Steve auf der Veranda.

»Danke. Mom. Steve sagte, er würde dich und Dad mitbringen. Ich liebe dich. Wir sehen uns, wenn ihr kommt.« Jade beendete den Anruf und versuchte das aufgeregte Kribbeln zu ignorieren, das sich in ihrem Bauch bemerkbar machte.

In einer Stunde würde sie Rex heiraten. Eine Stunde. Sechzig – nein, nur noch fünfzig Minuten. Weniger als eine Stunde. Wie schafften es Bräute bloß, diese letzte Stunde zu überstehen? Am liebsten hätte sie ihr Hochzeitskleid übergestreift und Rex ohne weiteres Aufhebens zum Altar geschleift, aber ihr Zukünftiger war altmodisch. Er war in der Morgendämmerung auf Hope ausgeritten und sie würde ihn erst wiedersehen, wenn es so weit war. Dass er sie am Morgen zärtlich geliebt hatte, machte keinen Unterschied. Ihr gut aussehender Alpha-Cowboy lebte nach seinen eigenen althergebrachten Werten und sie liebte ihn dafür umso mehr.

»Klopf, klopf.« Von unten erklang Rileys Stimme.

Jade stürzte die Treppe hinunter und wurde von Riley, Max, Savannah und Brianna aufgefangen. Sie alle hatten die schlichten trägerlosen Kleider mit über Kreuz geschnürtem

Mieder an, die Riley ebenso entworfen hatte wie Jades Hochzeitskleid und die sie auch bei anderen Gelegenheiten tragen konnten.

»Da seid ihr ja!«, kreischte Jade. »Ihr seht wundervoll aus.«

»Natürlich sind wir hier«, sagte Riley. »Shannon lässt ausrichten, dass sie hilft, die Kinder fertigzumachen, während wir dir zur Hand gehen. Sie hofft, dass das okay für dich ist, aber sie hat kaum Gelegenheit, Zeit mit Kindern zu verbringen.«

»Sie ist so lieb. Natürlich macht es mir nichts aus.«

»Also …« Riley wackelte mit den Augenbrauen. »Wie war die Nacht?«

»Heiß und sexy.« Jade schubste Riley mit der Hüfte.

»Hör auf! Immerhin redest du von meinem Bruder.« Savannah zog Jade auf die Couch. »Setz dich. Wir werden dich jetzt schön machen.«

»Was?«, sagte Jade. »Nein, danke, aber ihr wisst ja, dass mich das verrückt macht. Ich will meine Haare offen tragen, so wie Rex es mag. Ich kann es kaum erwarten, ihn festlich herausgeputzt zu sehen. In seiner schwarzen Weste wird er so heiß aussehen, mit all diesen prächtigen Muskeln unter dem weißen Hemd und dazu der Stetson. Ich schwöre, er ist der heißeste Cowboy, den es je gab.«

»Ja, ja, er sieht ziemlich gut aus.« Savannah seufzte. »Okay, mit den Haaren machen wir also nichts. Lass uns wenigstens ein Glas trinken, damit du ein bisschen ruhiger wirst. Du bist ja total aufgedreht.«

»Tatsächlich? Oh Gott, ist es so offensichtlich?« Sie folgte ihren Freundinnen in die Küche.

»Machst du dir Sorgen um deinen Vater?«, fragte Max, während sie Gläser aus dem Schrank nahm.

»Eigentlich nicht. Ich habe gerade mit Mom gesprochen und er fühlt sich gut. Ich denke, es ist alles okay. Ich wünschte nur, ich hätte die Halskette wiedergefunden. Das werde ich nie verschmerzen, dass ich sie verloren habe.«

Savannah nahm sie in die Arme. »Das solltest du aber, denn es war ein Ding, kein Mensch. Und Dinge können nie so wichtig sein wie die Menschen, für die sie bestimmt waren.«

»Danke, Savannah.«

»Also, wann wollt ihr eine Familie gründen?«, fragte Brianna. Jade wusste, dass sie versuchte, sie von der Halskette abzulenken. »Wenn ihr gleich loslegt, wird der Altersunterschied zu Savannahs Baby nicht so groß.« Brianna füllte vier Schnapsgläser.

Jade winkte ab. »Mein Zyklus ist ganz durcheinander. Ich denke, es wird Monate dauern, bis er sich nach all dem Stress wieder einpendelt.«

»Hm.« Riley schüttelte den Kopf. »Ich kenne dich, seit wir beide unsere erste Periode hatten, und deine kam immer so pünktlich, dass man die Uhr danach stellen konnte.«

»Tja, ich denke, es ist ziemlich normal, dass der Zyklus auf den Kopf gestellt wird, wenn man so viel Stress hat wie ich. Überhaupt ist mir erst heute Morgen aufgefallen, dass meine Periode ausgefallen ist.«

Ihre Freundinnen sahen sich vielsagend an.

»Ich bin sicher, es ist nur Stress.« Jades Puls beschleunigte sich bei der Vorstellung, schwanger zu sein. Das wäre mal wieder typisch für sie, kurz vor ihrer Hochzeit schwanger zu werden. Sie schob das Schnapsglas beiseite.

»Du hast mir gesagt, dass du seit ein paar Monaten die Pille nicht mehr nimmst, um nach der Hochzeit für die Familienplanung bereit zu sein«, erinnerte Riley sie.

»Ja, aber wir sind sehr vorsichtig«, beharrte Jade. »Wir haben die Rhythmusmethode angewendet.«

»Dylan ist ein Rhythmus-Baby«, sagte Max mit einem breiten Lächeln.

»Oh mein Gott, Leute. Hört auf. Ich bin nicht schwanger.« Sie stapfte aus der Küche, doch ihre Zweifel wuchsen mit jedem Schritt.

»Weißt du, wie man Leute nennt, die die Rhythmusmethode anwenden?«, fragte Savannah über den Küchentresen.

»Eltern«, antwortete Brianna lachend. »Rex wird überglücklich sein!«

»Nein, wird er nicht. Erst die Hochzeit, dann die Babys, das weißt du doch.« Jade sank auf die Couch. »Und wagt bloß nicht, ihm etwas zu sagen. Wir wissen nicht einmal, ob ich schwanger bin. Savannah, du weißt, wie wichtig es deinem Bruder ist, erst zu heiraten und dann eine Familie zu gründen.«

Savannah nippte an einem Glas Wasser. »Stimmt, aber er glaubt auch an das Schicksal.«

»Und das ist ganz bestimmt Schicksal«, fügte Riley hinzu.

»Prima. Danke, Leute. Jetzt brauche ich Gewissheit. Ich kann nicht heiraten, ohne es zu wissen.« Jade ging zur Haustür. »Wo sind meine Schlüssel?«

»Warte. Ich habe einen Schwangerschaftstest zu Hause«, sagte Max.

»Ehrlich?«, fragte Jade.

»Na klar. Als ich dachte, ich wäre schwanger, habe ich für alle Fälle ein paar gekauft.« Max griff nach ihrer Handtasche. »Bin gleich wieder da.« Mit flatternden dunklen Haaren flitzte sie aus der Haustür.

»Das ist ja so aufregend!«, sagte Brianna. »Ich muss Lacy anrufen, wenn du wirklich schwanger bist. Sie wird sich riesig freuen.«

»Und dann müssen wir eine Babyparty planen«, fügte Savannah hinzu.

»Ich kann nicht schwanger sein.« Jade ging im Wohnzimmer auf und ab. »Ich bin nicht schwanger. Das ist nur Stress. Es kann nur Stress sein.«

Riley legte ihr den Arm um die Schulter und flüsterte: »Entspann dich, Jade. Wenn es so ist, dann ist es so. Und wenn nicht, dann macht ihr weiter wie geplant. Rex liebt dich so oder so.«

»Aber ich bin überhaupt nicht vorbereitet. Hätte ich nicht irgendwelche Vitamine nehmen sollen, bevor ich schwanger werde? Was ist, wenn ich schwanger bin und dem Baby schon irgendwie geschadet habe?« Sie schüttelte den Kopf und überlegte, was sie in den letzten Wochen getan hatte. »Rex und ich haben letzte Woche eine Flasche Wein getrunken.«

»Unser Körper ist ein wahres Wunderwerk, Jade«, sagte Brianna. »Manche Frauen wissen nicht, dass sie schwanger sind, bis sie im fünften oder sechsten Monat sind, und ich bin mir sicher, dass viele von ihnen hin und wieder Wein trinken. Ist deine Periode zum ersten Mal ausgeblieben?«

»Ich denke schon.« Sie war zu durcheinander, um klar zu denken.

Während Savannah und Brianna das Leben von Jades Baby planten, saß Jade neben Riley auf der Couch und wartete auf Max.

»Du weißt, dass es okay ist, wenn du schwanger bist, oder, Jade? Du flippst nur aus, weil es dein Hochzeitstag ist.«

»Natürlich würde ich mich auf das Baby freuen, ja, ich wäre begeistert. Aber …« Tränen strömten ihr über die Wangen. »Ich habe seine Halskette verloren, und wenn ich jetzt schwanger bin, habe ich das auch vermasselt.«

»Oh Gott. Du bist schwanger, das steht fest. Du brauchst keinen Test. Du bist so viel dünnhäutiger als sonst. Ich dachte, es könnte daran liegen, dass du dir Sorgen um deinen Vater machst, aber ich glaube eher, dass es die Schwangerschaftshormone sind.«

»Riley! Das ist nicht gerade hilfreich«, fauchte Jade.

»Ich bin nur ehrlich. Sieh dich doch an. Du weinst, Jade. Du weinst sonst nie.« Sie nahm Jade in den Arm. »Du bist so süß, wenn du schwanger bist.«

»Hör auf!«

Max kam durch die Haustür geschossen und wedelte mit einer kleinen weißen Schachtel. »Ich hab ihn! Ab ins Badezimmer, meine Damen.«

Jade ging zum Bad. Ihre Freundinnen hasteten hinter ihr her. Savannah und Brianna kicherten und flüsterten, als sie sich hinter Max und Riley durch die Badezimmertür schoben.

»Hey, kann ich nicht einmal alleine pinkeln?«

»Entschuldigung«, murmelten alle außer Riley, die sich nicht von der Stelle rührte. Jade sah sie gereizt an.

»Ach, komm schon. Darf ich wirklich nicht hierbleiben?«, bettelte Riley.

Jade deutete auf die Tür. »Raus. Ich liebe dich, aber ich brauche einen Moment für mich.«

»Gut.« Schmollend zog Riley die Tür hinter sich zu.

Jade starrte in den Spiegel. Schwanger? Nein, das muss ein Irrtum sein.

Es ist Stress. Sie las die Anweisungen auf der Schachtel.

»Jade?« Max Stimme drang durch die geschlossene Tür.

»Hast du es schon gemacht?«, rief Riley.

»Nein. Ich denke nach.«

»Denken wird total überbewertet. Nun pinkel endlich«, sagte Savannah. »Ich möchte wissen, ob ich Tante werde oder nicht.«

»Okay, aber ihr müsst von der Tür weggehen.« Jade musste trotz ihrer Sorgen lächeln. Sie hockte sich über die Toilettenschüssel und hielt das Teststäbchen vorschriftsmäßig in den Urinstrahl, bevor sie es auf den Badezimmertresen legte und sich die Hände wusch.

Sie holte tief Luft und öffnete die Badezimmertür.

Riley fiel praktisch ins Badezimmer. Max, Savannah und Brianna lachten, als sie durch die Tür stolperten.

»Meine Güte, Leute.« Jade schüttelte den Kopf. »Ihr seid wie ...«

»Die besten Freundinnen überhaupt«, ergänzte Riley.

Jades Handy klingelte. Sie rannte zum Couchtisch und nahm den Anruf entgegen.

»Hi, Mom.« Jade sah zu den anderen, die sich um das Waschbecken im Bad drängten.

»Schatz, wir sind wieder im Krankenhaus.«

Jades sank lautlos auf die Couch, während ihre Mutter erklärte, was passiert war.

»Dein Vater hatte wieder Schmerzen in der Brust und wir sind direkt hergefahren. Er wird gerade untersucht.«

Daddy. Sie hörte ihrer Mutter zu, und als sie den Anruf beendete, nahm sie kaum die Schreie ihrer Freundinnen wahr: »Du bist schwanger!«

Rex stand im Schlafzimmer seines Vaters und betrachtete ein Foto seiner Eltern, als Adriana in einem hübschen rosa Kleid hereinkam.

»Was machst du, Onkel Rex?«

»Ich sehe mir ein Foto von deiner Grandma und deinem Grandpa an, als sie Teenager waren.« Er hob sie hoch und setzte sie neben sich auf das Bett. »In diesem Kleid siehst du aus wie eine Prinzessin.«

»Vielen Dank. Ich habe das Bild schon mal gesehen. Das ist Grandma Adriana. Ich bin nach ihr benannt. Daddy sagt, außer Mommy und mir sei sie das schönste Mädchen der Welt.«

»Dein Daddy hat recht, aber ich würde Tante Jade auch auf diese Liste setzen.«

Adriana blinzelte ihn durch lange, dunkle Wimpern an. »Warum siehst du traurig aus, Onkel Rex?«

»Ich bin nicht traurig. Ich denke nur nach. Siehst du die Halskette, die deine Grandma trägt?« Er deutete auf den »Tanz der Liebenden« am Hals seiner Mutter. »Ich glaube, wir haben sie verloren.«

»Oh. Ich habe einmal eine Halskette verloren und wir haben sie im Trockner gefunden.«

»Der Trockner. Hm. Da habe ich noch nicht nachgesehen.«

Rex gab Adriana einen Kuss auf den Scheitel.

»Bevor Mommy meine Halskette wiedergefunden hat, war ich traurig. Daddy hat gesagt, dass eine Kette nur ein Ding ist und dass Dinge unsere Herzen nicht erfüllen. Aber Menschen tun es.«

Das war genau das, was Hal ihm im Laufe der Jahre mehr als einmal gesagt hatte.

Wie konnte er eine so einfache Wahrheit vergessen haben? »Dein Daddy ist ein kluger Mann.«

Adriana zappelte sich von der Bettkante. »Das sagt er auch über dich.«

Treat kam mit ernstem Blick herein. Er nahm Adriana auf den Arm. »Rex, es ist Earl. Er ist wieder im Krankenhaus.«

Rex drängte sich an Treat vorbei und zog sein Handy heraus. Er hatte Mühe, Jades Nummer zu wählen.

»Rex?«

Er hörte die Angst in ihrer Stimme. »Ich bin auf der Ranch, Babe? Wo bist du?«

»Wir biegen gerade in die Einfahrt ein.«

»Ich komme.« Er stürmte aus dem Haus und rannte die Einfahrt hinunter.

Jade sprang aus Max' Wagen und warf sich schluchzend in seine Arme. »Du hattest die ganze Zeit recht.«

»Ganz ruhig, Schatz. Er wird wieder gesund.« Rex betete nur selten, aber als er mit Jade auf dem Weg ins Krankenhaus war, betete er inbrünstig zu allen Mächten, die etwas zu sagen hatten, dass Earl überleben würde.

Zehn

»Angina? Ist das dein Ernst, Earl?«, neckte Hal. »Mehr hast du nicht auf der Pfanne? Und du nennst mich ein Weichei.«

Rex wusste, dass sein Vater nur versuchte, die Stimmung aufzuhellen. Seine ganze Familie mitsamt den Kindern sowie Jade, ihre Mutter und ihr Bruder waren in Earls Krankenzimmer zusammengepfercht. Er sollte über Nacht im Krankenhaus bleiben, weil seine Herzfrequenz überwacht werden musste, und Jade war vollkommen verzweifelt. Rex hätte sie gerne für einen Augenblick beiseite genommen, um ihr zu versichern, dass alles in Ordnung war, aber daran war im Moment nicht zu denken.

An der Tür versuchte Shannon, gemeinsam mit Max und Brianna die Kinder zu unterhalten. Sie spielten mit Gummihandschuhen, die Ben für sie zu Ballons aufgeblasen hatte. Steven beäugte Shannon mit unverhohlener Lust in den Augen, für die Rex ihm am liebsten eine Ohrfeige gegeben hätte. Treat und Hugh standen mit Savannah und Jack etwas abseits und unterhielten sich leise.

»Angina ist immer noch besser als das Broken-Heart-Syndrom«, gab Earl zurück.

»Ich wünschte, du hättest das Broken-Heart-Syndrom, Earl. Du hast mir einen Höllenschreck eingejagt«, sagte Jane.

Jade klammerte sich an Rex und er schloss sie fest in die Arme.

»Was kann ich tun, Babe?«, fragte Rex. »Es tut mir leid wegen der Hochzeit.«

»Ist schon okay. Ich hätte auf dich sollen. Jetzt ist es mir völlig egal.«

»Nein, du bist nur durcheinander.« Rex gab ihr einen Kuss aufs Haar.

»Ich habe Angst«, flüsterte sie.

Er hatte das Gefühl, als würde ihm das Herz zerspringen. Ihr Schmerz war sein Schmerz. Ihre Traurigkeit wurde zu seiner.

»Er wird wieder gesund. Du hast gehört, was Ben gesagt hat.«

»Ich hätte die Hochzeit nicht so lange hinausschieben sollen. Ich hätte dir die Planung überlassen sollen.«

»Sei nicht albern. Du wirst deine Hochzeit haben, und sie wird so sein, wie du es dir immer erträumt hast.« In Rex' Innerem krampfte sich alles zusammen. Nicht nur war Jades Vater wieder ins Krankenhaus eingewiesen worden, auch ihre Traumhochzeit löste sich in Luft auf.

»Was ihr Kinder nicht versteht«, sagte Hal, »ist, dass nichts von diesem ganzen Hochzeitsunfug zählt.«

»Dad«, sagte Rex warnend. Einen Vortrag konnte er jetzt ebenso wenig gebrauchen wie dumme Witze. Er wollte Jade die perfekte Hochzeit bereiten, die sie verdiente, und gerade jetzt hätte er sie am liebsten aus diesem Raum hinausgetragen und festgehalten, bis es ihr besser ging.

»Junge, hast du denn nichts von mir gelernt? Deine Liebe für Jade und ihre Liebe für dich ist wichtig. Liebe existiert in unseren Herzen. Sie kann nicht geplant oder aus dem Hut gezaubert werden. Und alle Versprechen, die ihr euch in unserem Garten gebt, machen sie nicht besser oder stärker. Liebe ist einfach da und Jade weiß, wie tief deine Liebe ist.«

Hal legte Jade seine große Hand auf die Schulter. »Jade, dein Vater ist ein Sturkopf. Er wird wahrscheinlich noch dreißig Jahre weiterleben, aber ob er dich zum Altar führt oder nicht, macht deine Ehe mit Rex nicht mehr oder weniger bedeutsam, als wenn du ihn auf dem Taj Mahal heiraten würdest oder mitten in der Wüste. Je früher du das begreifst, desto besser.«

Rex wischte Jade die Tränen von der Wange. »Es tut mir leid, Jade.«

»Nein. Er hat recht.« Jade legte ihre Hand auf die von Hal. »Ich weiß das. Ich bin nur so durcheinander. Und das mit der Halskette tut mir leid, Hal. Ich weiß, was sie dir bedeutet hat.«

»Halskette?« Hal sah Rex verdutzt an.

»Ich … ich habe meine Halskette vom *Tanz der Liebenden* verloren.«

Treat und Hugh schoben sich zwischen Jade und Hal, als könnte ihre Gegenwart sie irgendwie vor seiner Reaktion schützen.

»Du hast sie nicht verloren. Diese Halskette kann nicht verloren gehen«, sagte Hal und überraschte sie alle mit seinen Worten.

»Dad«, sagte Rex, »wir haben überall nachgesehen.« Er hielt Jade noch fester.

Hal winkte ab. »Hast du das gehört, Earl? Sie haben überall nachgesehen.«

»Hey, eines Tages werden sie alt und genauso schlau sein wie wir. Bis dahin müssen wir ihnen bisweilen sagen, wo es lang geht.« Earl hob Janes Hand an seine Lippen und drückte einen Kuss darauf.

»Die Kette ist nicht weg, so wie Hope nicht krank war.« Hal fuhr sich mit der Hand durch die Haare und schüttelte den Kopf.

Jade wollte sich mit Hal nicht über etwas streiten, das er so inbrünstig liebte – und von dem sie wusste, dass es verschwunden war. Stattdessen entschuldigte sie sich einfach. »Nun, es tut mir leid, und ich hoffe, dass ich sie eines Tages finde.« Jade wandte sich an Rex. »Ich liebe dich.«

Rex drückte seine Wange an ihre. »Babe, ich liebe dich mehr, als Worte ausdrücken können.« Er sah sich im Zimmer um. Treat und Hugh bildeten weiterhin einen vollkommen unnötigen Schutzwall zwischen ihnen und seinem Vater. Er brauchte ihren Schutz nicht, aber es tröstete ihn, dass seine Brüder für Jade da sein würden, wenn ihm jemals etwas zustoßen sollte.

Er sah zu Brianna hinüber, die ihre Nase an Christians rieb. Der kleine Junge kicherte vergnügt. Layla und Adriana saßen nebeneinander auf Stühlen und blätterten in Büchern, die Max aus ihrer Handtasche gezaubert hatte. Seine Schwägerinnen waren wunderbare Mütter, genau wie Savannah es bald sein würde. Und eines Tages auch Jade. Jack hatte den Arm um Savannah gelegt und die beiden unterhielten sich im Flüsterton. Er wünschte, Dane und Lacy wären hier, aber sie waren den ganzen Tag nicht zu erreichen gewesen. Vielleicht hatte sein Vater recht und die Dinge mussten nicht perfekt sein. Sie mussten einfach nur sein.

Da hörte er wieder die Stimme seiner Mutter –*Kleid*, wisperte sie und plötzlich durchzuckte ihn ein Gedanke.

»Hey, Treat, kannst du dich kurz um Jade kümmern? Ich muss etwas holen.«

»Klar.« Treat stellte sich neben Jade.

Rex hob Jades Kinn und drückte ihr einen Kuss auf die Lippen. »Ich habe vergessen, unsere Cousinen und Cousins anzurufen. Wahrscheinlich irren sie gerade durch unseren Garten. Ich bin so schnell wie möglich zurück, okay?«

Als Rex aus der Tür trat, legte sich die Hand seines Vaters auf seine Schulter. Rex blieb stehen. Sein Vater nickte ihm zustimmend zu, als wüsste er, was Rex vorhatte. Was erstaunlich war, wenn man bedenkt, dass sich Rex selbst nicht einmal sicher war.

Elf

»Wo ist er?« Jade sah nervös auf ihre Uhr. »Jetzt ist es fast zwei Stunden her, dass Rex verschwunden ist.«

»Hast du es ihm schon gesagt?« Max hob Dylan auf ihre andere Hüfte.

»Was denn?«, fragte Treat.

»Nichts«, antworteten sie wie aus einem Munde.

»Aha«, sagte Treat skeptisch. »Rex hat mir vor ein paar Minuten eine SMS geschrieben. Er sollte jeden Moment hier sein.« Dann fügte er hinzu: »Hugh, Jack und ich holen eben etwas aus dem Auto. Wir sind gleich zurück.«

»Treat?« Max sah ihren Mann stirnrunzelnd an.

Er streckte die Hände nach Dylan aus. »Soll ich ihn mitnehmen?«

»Nein. Ich frage mich nur, was ihr aus dem Auto holen wollt.«

»Oh.« Treat sah Jack an, der Hugh ansah.

Hughs Lippen verzogen sich zu einem schiefen Lächeln. »Ich habe im Auto eine Überraschung für Jade und Rex, und ich dachte, jetzt wäre eine gute Zeit, sie Jade zu geben.« Er packte Treat und Jack am Arm und zerrte sie auf den Flur.

»Was zum Teufel war das jetzt?«, fragte Max.

»Hey, er ist dein Ehemann, nicht meiner. Anscheinend war mein zukünftiger Ehemann der Meinung, jetzt sei der perfekte Zeitpunkt, zu verschwinden.« Jade sah zum x-ten Mal auf ihr Handy. Sie hatte Rex zwei Nachrichten geschickt, aber keine Antwort bekommen.

»Ich habe schon lange aufgegeben, Männer verstehen zu wollen. Aber in einem Krankenhaus kann ihnen wohl nicht allzu viel zustoßen.«

Savannah lachte, als sie die SMS las, die sie gerade bekommen hatte.

»Jade, ich muss zurückrufen. Ich bin gleich zurück.« Sie verschwand, tauchte aber sofort wieder auf und schnappte sich Hal. »Dad, ich brauche deine Hilfe.«

»Ich denke, ich gehe mit den Kindern zur Toilette. Jetzt ist gerade ein günstiger Moment.« Brianna griff nach Laylas Hand. »Max? Shannon? Warum nehmen wir sie nicht alle mit und bringen es hinter uns. Dann haben Jade und ihre Familie ein wenig Privatsphäre.«

Da alle außer Steve und ihren Eltern verschwunden waren, war es plötzlich ungewohnt still im Zimmer. »Dad, brauchst du irgendwas?«, fragte Jade.

»Nein, Liebling. Mir geht es gut. Es tut mir leid, dass ich deine Hochzeit vermasselt habe, Schatz.«

»Das hast du nicht.« Rex trat in das Zimmer und ergriff Jades Hand. Er trug zwei Kleidersäcke über der Schulter. Einen davon warf er Earl aufs Bett. »Zieh das an, wenn wir hier raus sind.«

»Was?«, murrte Earl und starrte missmutig auf den Kleidersack.

»Wo warst du?«, fragte Jade. »Ich habe dir geschrieben.«

Rex führte sie auf die andere Seite des Raumes und zog

einen Vorhang zu, der sie vor dem Rest ihrer Familie verbarg.

»Rex?«, stieß sie hervor.

»Zieh dich aus, Babe.«

»He!«, knurrte Earl auf der anderen Seite des Vorhangs.

»Sie ist meine zukünftige Frau, Earl. Reg dich ab.«

»Rex, was …?« Jade stützte sich auf seine Schulter, während er ihr die Shorts auszog. Ihre Cowgirlstiefel ließ er an. Dann streifte er ihr das Top über den Kopf und zog vorsichtig ihr wunderschönes Brautkleid aus dem Kleidersack.

»Oh mein Gott. Rex. Was machst du da?«

»Ich heirate dich. Es muss nicht alles perfekt sein, Jade. Wir brauchen nur uns. Ich liebe dich, und wenn du mich heiraten willst, dann hülle deinen verführerischen Körper in dieses Hochzeitskleid. Wir haben nicht viel Zeit.«

»Earl? Bist du schon aufgestanden?«, rief Rex über die Schulter.

»Wieso sollte ich?«, grummelte Earl wieder.

»Ich habe schon mit Ben gesprochen und sein Okay bekommen. Du wirst deine Tochter in die Ehe geben. Es dauert ganze fünfzehn Minuten, und dann kannst du deinen Hintern wieder in dieses Bett pflanzen. *Capisce?*«

»Steh auf, Earl. Es ist doch für deine Kleine.« Janes aufgeregte Stimme traf Jade mitten ins Herz.

»Rexy?« Tränen strömten ihr über die Wangen, als Rex ihr in ihr Kleid half. »Ich wollte immer schon in meinen Cowgirlstiefeln heiraten. Riley wird die Hände über dem Kopf zusammenschlagen. Sie hat sich so viel Mühe gegeben, das perfekte Kleid zu entwerfen.«

»Riley wird begeistert sein. Vertrau mir. Jade, wenn du dir immer noch eine richtige Hochzeit wünschst, werde ich dir die größte, beste Hochzeit geben, die du dir vorstellen kannst. Aber hier und jetzt werden wir Mann und Frau.«

Sie wollte ihm sagen, dass sie sich nichts Schöneres denken konnte, doch sie bekam kein Wort heraus. Er zog den Reißverschluss an ihrem Kleid zu und wischte ihr die Tränen von den Wangen.

»Du könntest kaum schöner aussehen. Außer vielleicht …«, sagte er leise.

»Nackt?«, ergänzte sie flüsternd.

»Was bist du doch für ein unanständiges Mädchen«, neckte er. Er griff in seine Tasche und zog die vermisste Halskette hervor.

Jade stockte der Atem, während ihr wieder die Tränen kamen.

»Wie …? Woher …?«

»Sie war in deinem Kleid hängen geblieben. Wahrscheinlich hat sie sich bei der letzten Anprobe irgendwo verfangen.« Er streifte ihre Haare über eine Schulter und hakte die Halskette zu. »Aber du sollst wissen, dass es nichts geändert hätte, auch wenn wir sie nie gefunden hätten.« Er presste seine Lippen auf ihre.

Rex zog den Vorhang auf. Jades Vater hatte einen Frack über den Krankenhauskittel gezogen und seine Füße steckten in blauen Plastiküberschuhen.

»Ich habe das Hemd hinten zusammengesteckt«, sagte Jane lächelnd.

Jade musste lachen. »Daddy, du hast nie eleganter ausgesehen.«

»Liebes …« Zum ersten Mal in ihrem Leben sah Jade das Gesicht ihres Vaters tränenüberströmt.

Sie schlang die Arme um ihn. »Ich liebe dich.«

»Ich liebe dich auch, Schatz. Jetzt wollen wir dich aber

verheiraten, hier zieht's nämlich.«

»Einen Moment noch«, sagte Rex. Er berührte kurz Jades Arm, bevor er in den Flur verschwand.

Von draußen erklang der Hochzeitsmarsch und ihr Vater lächelte sie an.

»Das ist unser Stichwort, Liebling.«

Jade trat in den Flur, der jetzt mit den Blumen geschmückt war, die sie bei der Floristin bestellt hatten. Alle Bradens aus Trusty waren mitsamt ihren Partnern da und standen breit lächelnd Spalier. Jades Brautjungfern warteten am Ende des Flurs links neben Treat, der die Zeremonie leitete. Er war schon vor Jahren ordiniert worden, um Paare in seinen Hotels trauen zu können. Zu seiner Rechten standen Rex' Brüder. Auch Dane war gekommen, und dann entdeckte Jade auch Lacy, die trotz ihrer Krankheit noch etwas heller strahlte als sonst.

Lacy zwinkerte Jade zu und legte sich eine gespreizte Hand auf den Bauch. *Baby! Wir sind durchgebrannt!* formten ihre Lippen und sie deutete auf den Ring an ihrer linken Hand.

Jade versuchte gar nicht mehr, den Tränen Einhalt zu gebieten. Ihr Herz quoll über vor Freude bei dem Gedanken, dass ihre Babys ungefähr zur selben Zeit zur Welt kommen würden.

Steve flüsterte Shannon etwas zu, was sie erröten ließ. Dann begleitete er Dylan, der ein rotes Samtkissen in den Händen hielt und mit unsicheren Schritten den Flur entlangtapste. Auf dem Kissen, das wusste Jade, waren mit einer Sicherheitsnadel die Ringe befestigt. Shannon stupste Layla und Adriana an, die hinter Steve und Dylan hergingen und Rosenblätter auf den Boden streuten.

Unser Weg zum Altar. Perfekt!

»Du kannst es dir immer noch anders überlegen«, sagte ihr

Vater leise mit schelmischen Lächeln.

»Kommt nicht infrage, Daddy.«

Am Arm ihres Vaters schritt Jade den Flur hinunter, mit Cowgirlstiefeln und Hochzeitskleid. Dass eine Handvoll Krankenschwestern hinter ihrem Tresen zusahen, war ebenso egal wie die Tatsache, dass ihr Vater einen Krankenhauskittel und blaue Plastiküberschuhe trug. Für Jade zählte nur, dass der gut aussehende Mann am Ende des Ganges, der sie voller Liebe ansah, gleich ihr Ehemann werden sollte.

Und Vater würde er auch werden.

Ich werde Mutter. Jade blieb plötzlich stehen. »Alles okay, Liebling?«, fragte ihr Vater.

»Mehr als okay«, sagte sie aus tiefstem Herzen.

Als sie bei Rex ankamen, nahm ihr Vater ihre Hände und sah sie ernst an. »Ich bin stolz auf die Frau, zu der du herangewachsen bist. Du bist stark, klug und stur, genau wie dein Vater. Ich liebe dich, Mädchen, und es ist mir ein Vergnügen und eine Ehre, dich Rex zur Frau zu geben. Er ist ein guter Mann.« Earl wandte den Blick zu Hal und setzte hinzu: »Wie sein Vater.«

Hal stiegen Tränen in die Augen.

Earl küsste Jade auf beide Wangen. Dann sah er Rex an. »Mein Sohn«, sagte er.

Jade liefen die Tränen über die Wangen.

Rex nahm Jades Hand und er formte mit den Lippen: *Ich liebe dich.*

Jade erwiderte lautlos: *Ich bin schwanger.*

Rex starrte sie mit offenem Mund und großen Augen an und schluckte schwer. Sie nickte und er sah ungläubig auf ihren Bauch. Als er den Blick hob, waren seine Augen so feucht wie ihre. Er nahm sie in die Arme und küsste sie.

»Okay«, sagte Treat lachend. »Wie es scheint, gehen wir ausnahmsweise in der umgekehrten Reihenfolge vor.«

»Bist du sicher, Schatz?« Rex legte seine Hand auf ihren Bauch. Sie nickte.

»Ich liebe dich.« Er hob sie hoch und küsste sie erneut. Treat räusperte sich.

»Tut mir leid.« Rex trat nervös von einem Fuß auf den anderen und schien vor Aufregung fast zu platzen.

»Wir haben uns –«

Rex reckte plötzlich die Arme in die Luft. »Wir sind schwanger!«, rief er begeistert. Er strahlte Jade an. »Wir bekommen ein Baby!« Schwungvoll hob er sie hoch und lachte und küsste sie, während die Umstehenden in Gelächter und Jubelrufe ausbrachen.

»Rex!«, sagte Treat. »Willst du Jade zu deiner rechtmäßig angetrauten Frau nehmen?«

»Und ob ich das will. Ja!«, antwortete Rex, ohne den Blick von Jade zu wenden.

»Jade, willst du Rex zu deinem rechtmäßig angetrauten Ehemann nehmen?«, fragte Treat in rekordverdächtigem Tempo.

»Für immer und ewig.« Jade hatte die Worte kaum ausgesprochen, als Rex ihr Gelübde mit einem atemberaubenden Kuss besiegelte. Es war die perfekte Hochzeit mit der Liebe ihres Lebens, im Flur des Weston Memorial Hospital, inmitten von denen, die sie am meisten liebten.

Lust auf mehr von den Bradens?

Lesen Sie Rex' und Jades Liebesgeschichte in *Für die Liebe bestimmt* (Die Bradens in Weston, Colorado).

Abonnieren Sie Melissas Newsletter und bleiben Sie stets auf dem Laufenden über Neuerscheinungen und Veranstaltungen:

www.melissafoster.com/Newsletter_German

Neu bei *Love in Bloom – Herzen im Aufbruch*? In dieser Reihe von Liebesromanen werden die süßesten und dramatischsten Momente mehrerer Familien beschrieben. Mitglieder dieser sympathischen, weitverzweigten Clans begegnen Ihnen in allen Büchern wieder. Jedes Buch kann für sich, aber auch als Teil einer Serie gelesen werden.

Familienstammbäume, die empfohlene Lesereihenfolge und weitere interessante Informationen finden Sie auf Melissas Reader-Goodies-Seite (in englischer Sprache).

www.melissafoster.com/Reader-Goodies

Danksagung

Es war ein Vergnügen, noch einmal in die Welt von Rex und Jade einzutauchen und all unsere liebenswerten Bradens wiederzutreffen. Hiermit möchte ich meinen Leserinnen danken, die mich gedrängt haben, die Geschichte von Rex' und Jades Hochzeit eher früher als später zu erzählen. Ein riesiges Dankeschön geht auch an Lynn Mullan und Kristen Weber für ihre Denkanstöße.

Wir können uns schon auf viele weitere Geschichten von den Bradens freuen, denn die Bücher über die Bradens aus Peaceful Harbor und Pleasant Hill sind bereits in Vorbereitung.

Wie immer bin ich meinem wunderbaren Lektoratsteam zu Dank verpflichtet, das sich unermüdlich um jedes Detail kümmert und dafür sorgt, dass Sie ein gewissenhaft bearbeitetes Buch in Händen halten. Danke: Kristen Weber, Penina Lopez, Jenna Bagnini, Juliette Hill, Marlene Engel und Lynn Mullan. Danke, Natasha Brown, für das hinreißende Cover.

Und natürlich danke ich meinem Mann Les dafür, dass er mich jeden Tag aufs Neue inspiriert. Du bist mein Held.

Bisher erschienen in englischer Sprache/bald auf Deutsch:

The Remingtons

Spiel der Herzen
Im Dschungel der Liebe
Herzen in Flammen
Herzen im Schnee
Liebe zwischen den Zeilen

Die Bradens (Peaceful Harbor)

Geheilte Herzen
Voller Einsatz für die Liebe
Liebe gegen den Strom
Vereinte Herzen
Melodie der Liebe
Wilde Herzen

The Bradens & Montgomerys (Pleasant Hill and Oak Falls)

Embracing her Heart
Anything for Love
Trails of Love

Entdecken Sie Melissa Fosters Bücher auch auf:
www.melissafoster.com/herzen-im-aufbruch